LAUZIER

Mise en couleur
HELENE ROSENBERG

LA TETE DANS LE SAC

DARGAUD ÉDITEUR
12, RUE BLAISE-PASCAL - 92201 - NEUILLY-SUR-SEINE

DU MEME AUTEUR :

UN CERTAIN MALAISE
LILI FATALE
TRANCHES DE VIE
tome 1
TRANCHES DE VIE
tome 2
TRANCHES DE VIE
tome 3
TRANCHES DE VIE
tome 4
LILI FATALE
CHRONIQUES DE L'ILE GRANDE
UN CERTAIN MALAISE
LA COURSE DU RAT
LA TETE DANS LE SAC

DANS LA COLLECTION PILOTE :

LES AVENTURES D'AL CRANE - Lauzier et Alexis
LE RETOUR D'AL CRANE - Lauzier et Alexis

Imprimerie du Marval - Vitry-sur-Seine
Dépôt légal 2e trimestre 1980
I S B N 2-205-01681-4

307 Benjamin-Hudon St-Laurent Montréal P.Q. H4N1J1.

Dépôt légal à Québec Dépôt légal à Ottawa. 2e trimestre 1980
I S B N 2-205-01681-4
PRESSE IMPORT LEO BRUNELLE INC. 307 Benjamin-Hudon St-Laurent Montréal - P.Q. H4N 1J1
DISTRIBUTEUR EXCLUSIF LICENCIE.

J'ME SENS BIEN... J'AI 50 ANS MAIS J'ME SENS TRÈS BIEN!
PATRON?
OUI, MICHEL?
VOUS VENEZ? TOUT LE MONDE EST LÀ POUR LE POT
J'ARRIVE, MICHEL
ET VOILÀ MON EQUIPE. MES COLLABORATEURS... JE LES AIME BIEN... ILS ME FONT PENSER À DES CHIMPANZÉS...
'JOUR, PATRON
JE SUIS UN PEU EN RETARD, EXCUSEZ-MOI
...DONT JE SERAIS LE MÂLE DOMINANT. CHEZ LES CHIMPANZÉS, LE RITUEL DE SOUMISSION CONSISTE À TENDRE LES FESSES AU MÂLE DOMINANT QUI MIME UNE SODOMISATION BRÈVE ET CONDES-CENDANTE...

... CHEZ LES HUMAINS C'EST PLUS SUBTIL... J'ME SENS BIEN. J'AI 50 ANS MAIS J'ME SENS TRÈS BIEN...
PATRON, UN PEU D'CHAMPAGNE?
OUI. MERCI, JOLLIN
ÇA VA, JE SUIS RESTE CE QU'IL FALLAIT... J'LES AIME BIEN, TOUS...
JE FAIS COULER VOTRE BAIN, MONSIEUR...
MERCI, SAÏD... ET TU ME PREPARE MON SMOKING...
C'EST DÉJA FAIT, MONSIEUR...
PARFAIT, SAÏD
J'AI 50 ANS MAIS J'ME SENS TRÈS BIEN... TRANQUILLE, SEUL... J'AIME MON APPARTEMENT. IL EST BEAU, CALME... TOUT EST EN ORDRE. J'ME SENS BIEN
JE SUIS VRAIMENT TRES ÉLÉGANT. QUOI, AUCUN DOUTE...
LE BEAU MÂLE GRISONNANT
PARFAITEMENT À L'AISE
J'AI LONGTEMPS CHERCHÉ MON STYLE. J'AI EU MA PÉRIODE SPORTIF DÉCONTRACTÉ...
MA PÉRIODE À L'AVANT GARDE DE LA MODE
MON INTERMÈDE HIPPIE
JE FUMAIS
MA PÉRIODE VÊTEMENTS DE TRAVAIL
MA PÉRIODE: PULL DE CACHEMIRE ET PANTALON DE FLANELLE EN TOUTE CIRCONSTANCE
PARTICULIÈREMENT DANS LES DINERS TRÈS HABILLÉS
2

MAINTENANT J'M'EN FOUS... JE M'HABILLE COMME TOUT LE MONDE...
CHEZ SMALTO SUR MESURE
COMME POUR MON AP-PARTEMENT... M'EST ÉGAL... D'BEAUX MEUBLES, D'BEAUX TISSUS, D'BEAUX CUIRS, C'EST TOUT
C'EST ÇA AUSSI, LE POUVOIR... NE PLUS AVOIR D'EFFORTS À FAIRE POUR LES CHOSES SECONDAIRES...
LES VÊ-TEMENTS, LES MEUBLES LES FEMMES...
TIENS MAIS CE ROI NÈGRE... C'EST TOUT À FAIT MOI DANS MON AGENCE, ÇA!
AU FOND J'AI MÊME ACCÈS À PLUS DE FEMELLES QU'EUX SI J'ADDITIONNE...
ET GRÂCE À LA LIBÉRATION DES FEMMES, ELLES COÛTENT DE MOINS EN MOINS CHER. SURTOUT LES JEUNES!...
...ELLES SE VEULENT INDÉPENDANTES FINANCIÈREMENT. IL Y A UN SIÈCLE J'AURAIS DÛ EN-TRETENIR LA MOITIÉ DES MAÎTRESSES QUE J'AI EUES M'AURAIT COÛTÉ UNE FORTUNE!
BON. FAUT Y ALLER...
MAIS... J'VOIS VERA TOUT L'TEMPS EN CE MOMENT!.. 3e FOIS QU'JE SORS AVEC ELLE CETTE SEMAINE!
EH. OH. OH. ELLE LAISSE UNE BROSSE À DENTS ET DES AFFAIRES DE TOILET-TE CHEZ MOI! QU'EST-CE QUE ÇA VEUT DIRE?!
REMARQUE... ELLE EST GENTILLE. ME FOUT LA PAIX, PAS JALOUSE... RÉPÈTE QU'ELLE VEUT PAS SE MARIER
EH... MAIS... JE DISAIS ÇA DE MA 3e FEMME... 6 MOIS AVANT QUE JE L'ÉPOUSE!
3

ET 1 AN APRÈS...
JE SUIS TA FEMME, TU ENTENDS, NE L'OUBLIE PAS!
TOUJOURS SOURIANTE, NE ME CONTREDIT JAMAIS. PARTANTE POUR TOUT... EH, EH. PRUDENCE!
HOU. LA, LA. ILS SONT TOUS LÀ! MAIS QU'EST-CE QUE JE FOUS ICI, MOI?!
TU SAIS PAS QUI J'AI RENCONTRÉ L'AUTRE JOUR?.. JACKIE LOMBAIRE!.. TU TE SOUVIENS, JACKIE ET SA BANDE?! AH, LA, LA. ÇA NOUS RAJEUNIT PAS!
OUAIS, LA BANDE DE JACKIE LOMBAIRE... BON DIEU, CE QUE C'EST LOIN!
ON DÉBARQUAIT DANS LES SOIRÉES COMME DES COSAQUES, INSOLENTS, AGRESSIFS... INSUPPORTABLES! ON DRAGUAIT LES FEMMES SOUS LE NEZ DES MARIS... ON SE SAOULAIT. ON FAISAIT DU SCANDALE...
NOUS ÉTIONS CONVAINCUS D'AVOIR UNE CLASSE FOLLE. JE ME SENTAIS TERRIBLEMENT "PARISIEN"
J'AI EU AUSSI MA PÉRIODE: LOUP SOLITAIRE. JE RÔDAIS, HAUTAIN, SILENCIEUX. BLASÉ, JUSQU'À CE QUE J'AI CHOISI MA PROIE
ALORS JE FONDAIS SUR ELLE. JE LUI TENAIS À MI-VOIX DES PROPOS À FAIRE ROUGIR UN CORPS DE GARDE ET QU'ELLE ÉCOUTAIT GÉNÉRALEMENT EN SOURIANT D'UN AIR MYSTÉRIEUX
TIENS. C'EST MIGNON, ÇA, LÀ-BAS
QU'ELLE ÉNERGIE J'AVAIS! J'ÉTAIS TOUJOURS EN REPRÉSENTATION. MAINTENANT JE ME FOUS DE CE QUE PENSENT LES GENS. D'AILLEURS JE LES ÉCOUTE À PEINE...
...J'SUIS BIEN, J'SUIS TRANQUILLE. MÊME AVEC LES AUTRES C'EST COMME SI J'ÉTAIS SEUL
C'EST VRAIMENT TRÈS, TRÈS JOLI... TOUT JUSTE UN PEU PLUS DE 20 ANS. L'AI JAMAIS VUE... AVEC QUI EST-ELLE?

TRÈS JOLIE, HEIN? ELLE DOIT AVOIR À PEINE PLUS DE 20 ANS
HEIN. QUOI?
TU VEUX QUE JE TE LA PRÉSENTE? JE VIENS DE FAIRE SA CONNAISSANCE...
ALLEZ, VIENS...
ELLE ME PRÉSENTE DES FILLES MAINTENANT?! MAIS ELLE SE CROIT DÉJÀ MARIÉE AVEC MOI...
SI TU PENSES ME RETENIR COMME ÇA... ON M'A DÉJÀ FAIT LE COUP, MON PETIT!
EVA?
J'AI PAS BESOIN DE TOI POUR...
EVA JE VOUS PRÉSENTE JEAN BULLE
JEAN EST UN GÉNIE. NE LUI DITES SURTOUT PAS LE CONTRAIRE. SINON IL VA NOUS FAIRE UN GROS CHAGRIN
C'EST ÇA, FAIS-MOI PASSER POUR UN CON...
JE VOUS LAISSE. JE SENS QU'IL VA VOUS FAIRE SON GRAND NUMÉRO DE CHARME ET JE LE CONNAIS DÉJÀ
OUAIS, ESSAYE DE ME CASSER MON COUP, OUI
ALORS, VOUS ÊTES GÉNIAL
PERSONNE N'EST PARFAIT...
ET VOUS AVEZ FAIT QUOI POUR ÊTRE UN GÉNIE?
OH. DES PETITES CHOSES. VOUS CONNAISSEZ LE CHOCOLAT SCHMOCK?.."SCHMOCKEZ DU SCHMOCK" C'EST DE MOI..."VILS, UNE EAU LÉGÈRE...
..LÉGÈRE".. ÉGALEMENT.. AH,
VOUS ÊTES PUBLICITAIRE...
BON. BEN, C'EST LE BIDE
EH, MAIS J'APERÇOIS 30 CENTIMÈTRES DE CANAPÉ INOCCUPÉ. SI NOUS ALLIONS NOUS ASSOIR?
SI VOUS VOULEZ
C'EST ÉPUISANT CE GENRE DE RÉCEPTION... RESTER DEBOUT COMME ÇA PENDANT DES HEURES, ÇA N'EST PLUS DE MON ÂGE...
C'EST ÇA INSISTE SUR TON ÂGE, TU DEVRAIS LUI PARLER DE TES HÉMORROÏDES AUSSI!
IRINA - C'EST LA MAÎTRESSE DE MAISON - EST UN PEU COMME ST TROPEZ. IL Y A QUELQUES ANNÉES. TOUT LE MONDE DIT QU'ELLE EST FINIE, QU'ON NE REMETTRA PLUS LES PIEDS CHEZ ELLE ... ET AU DINER SUIVANT ON EST TOUS LÀ...
J'L'EMMERDE. C'T ÉVIDENT
AH?.. MOI, JE TROUVE SA SOIRÉE TRÈS RÉUSSIE...

BOF... C'EST UN SPECTACLE CURIEUX. MALHEUREUSEMENT JE L'AI VU 100 FOIS. JE PEUX PRÉVOIR CHAQUE SCÈNE... REGARDEZ CE BELLÂTRE LÀ-BAS...
... C'EST UN LOUP SOLITAIRE QUI CHERCHE SA PROIE. OBSERVEZ-LE BIEN, C'EST TRÈS DRÔLE
LORSQU'IL AURA CHOISI SA VICTIME, IL VA FONDRE SUR ELLE COMME UN RAPACE... CONVAINCU QU'IL EST IRRÉSISTIBLE ET LE PLUS DRÔLE C'EST QUE ÇA MARCHE!
NON! C'EST PAS VRAI! UNE PLACE INNOCUPÉE!.. JE PEUX?
OUI, OUI, BIEN SÛR!
OUF!.. RESTER DEBOUT, COMME ÇA, PENDANT DES HEURES C'EST PLUS D'MON ÂGE! ET ILS SONT D'UN CHIANT LES DINERS D'IRINA, C'EST LA DERNIÈRE FOIS QUE JE VIENS!
OUI, C'EST PLUTÔT MORTEL, CETTE SOIRÉE!
MAIS QU'EST-CE QUE JE FOUS ICI, MOI?!.. BON, BEN, TU LE SAIS BIEN... COMME D'HABITUDE, TU CHERCHES UNE FEMME...
C'EST UNE HISTOIRE DE DINGUE, DES FEMMES J'EN AI PLEIN MON CARNET D'ADRESSES!
ET JE SUIS LÀ COMME UN CHIEN À TOURNER AUTOUR DE TOUTES LES FEMELLES, À LES ÉPIER, LES RENIFLER ET ÇA FAIT 45 ANS QUE ÇA DURE!
DÉJÀ, TOUT GOSSE, IL ME SEMBLAIT QUE J'AURAIS PU RESTER DES HEURES À CONTEMPLER UN VISAGE DE PETITE FILLE
JE ME SOUVIENS DE CETTE MONITRICE DE COLONIE DE VACANCES DONT J'ÉTAIS FOU AMOUREUX...
6

LE SOIR, LORSQUE NOUS ÉTIONS COUCHÉS, ELLE VENAIT NOUS EMBRASSER L'UN APRÈS L'AUTRE
ET CHAQUE FOIS ÇA ME FAISAIT COMME SI J'ALLAIS MOURIR
J'AI ÉTÉ CE PETIT GARÇON-LÀ, MOI?!. QU'EST-CE QU'IL M'EST ARRIVÉ! COMME J'AIMAIS À 18 ANS!
ALORS TOU ES TOUJOURS AVEC CETTE VIEILLE?
HEIN, QUOI? QUELLE VIEILLE?
TA VÉRA
VERA? MAIS ELLE A 30 ANS!
ALORS, MOUA, J'EN AI DIX-HOUIT! ELLE A AU MOINS 35 ANS, TA VÉRA, AU MOINS!
C'EST VRAI QU'ELLE COMMENCE À ÊTRE UN PEU TAPÉE"
VIENS, ON PASSE À TABLE. JE T'AI MIS À CÔTÉ D'OUNE PÉTITE ANGLAISE, TOU VAS!!!
J'SUIS BIEN... TRANQUILLE... J'AI 50 ANS MAIS J'ME SENS TRÈS BIEN
CE PETIT CON VA LA BAISER, C'EST SÛR!
VOUS NE TROUVEZ PAS ÇA BIZARRE?
HEIN? BIZARRE? QU'EST-CE QUI EST BIZARRE?
JE VOUS RÉPÈTE... CETTE MANIE D'ALLER AU RELAIS PLUTÔT QU'AU RESTAURANT DU PLAZZA QUI EST UN ENDROIT MEEERVEILLEUX POURTANT, TELLEMENT RÉTRO ET...
ET VOUS TROUVEZ ÇA BIZARRE?!
HEU, OUI... D'AUTANT PLUS QUE LES PRIX...
MOI, C'EST VOUS QUE JE TROUVE BIZARRE!!!
PARDON?!
OUI. JE VOUS TROUVE EXTRÊMEMENT BIZARRE DE ME POSER UNE QUESTION AUSSI STUPIDE! VOUS NE TROUVEZ PAS ÇA BIZARRE?!
MAIS... JE... VOYONS... JE...
...ENFIN QU'EST-CE QUE VOUS VOULEZ QUE ÇA ME FOUTE, À MOI, QUE DES CONS AILLENT AU RELAIS PLUTÔT QU'AU RESTAURANT DU PLAZZA?!!
ALLONS, JEAN, CALME-TOI... QU'EST-CE QU'IL Y A?.. ENFIN, VOYONS, TON SELF-CONTROL À L'ANGLAISE!.. REPRENDS-TOI!
7

VOILÀ, ÇA Y EST, JE SUIS CALMÉ... J'SUIS À NOUVEAU TRANQUILLE... J'AI 50 ANS MAIS J'ME SENS TRÈS BIEN! DE TOUTES LES FAÇONS, LE JOUR OÙ JE NE POURRAI VRAIMENT PLUS SUPPORTER LES CONS...
J'ENTRERAI DANS L'ORDRE DES PETITS FRÈRES DE FOUCAULT... J'IRAI VIVRE AU MILIEU DES INDIENS AMAZONIENS DANS L'OUBLI DE SOI ET L'AMOUR DES AUTRES
VOUS AVIEZ RAISON FINALEMENT C'EST EXTRÊMEMENT BIZARRE CE QUI SE PASSE AU PLAZZA
MOI JE DISAIS ÇA COMME ÇA, HEIN.
ALLEZ, VÉNEZ, TOUT LÉ MONDE VA CHEZ RÉGINE! RIEN QU'OUN' VERRE!
UNE AUTRE FOIS, CHÉRIE. CE SOIR, JE SUIS FATIGUÉE...
TIENS, MAIS C'EST LA GRANDE VÉRA!
IRINA, TON DINER ÉTAIT TRES RÉUSSI, COMME TOUJOURS
VÉRA, MON CHOU! MAIS ON NE TE VOIT PLUS? ALORS? T'ES TOUJOURS LE MEILLEUR COUP DE PARIS?!
DANY
C'QUE T'ES BEEELLE! FAUT QU'JE VOIE ÇA DE PLUS PRÈS! T'AS TOUJOURS L'MÊME NUMÉRO D'TÉLÉPHONE?
VOUS VOULEZ QU'ELLE VOUS FASSE UNE PIPE, ICI, TOUT DE SUITE, OU ÇA PEUT ATTENDRE DEMAIN?!
MAIS QU'EST-CE QU'IL A, LUI?!
JEAN, JE T'EN PRIE, C'EST RIDICULE!
À MOINS QUE VOUS PRÉFÉRIEZ QU'JE VOUS FOUTE MON POING DANS LA GUEULE?!
ALLEZ, VIENS. LAISSE, TU VOIS BIEN QU'C'EST UN DINGUE!
JEAN!!!
GRRRRRR
LAISSE-LES. C'EST DES PÉTITS CONS! ILS FONT TOUJOURS DOU SCANDALÉ! C'EST LA BANDE À DANY LOMBAIRE, TOU SAIS BIEN...
GRRRR GRRR
LA BANDE DE QUI?
CALME-TOI! ALLEZ VIENS, ON S'EN VA...
MAIS DANY LOMBAIRE, VOYONS. LÉ FILS DÉ TON GRAND COPAIN JACKIE
8

TU SAIS QUE TU ES BEAU QUAND TU TE METS EN COLÈRE?!
OUI, C'EST ÇA... FLATTE L'ORGUEIL DU MÂLE... ELLE A DÛ LIRE ÇA DANS "CORMOPOLITAN"... JACKIE A UN FILS DE CET ÂGE!.. PAS POSSIBLE!
ON VA CHEZ TOI POUR CHANGER?
SI TU VEUX
IL FAUT QU'ELLE VIENNE MOINS SOUVENT CHEZ MOI... J'L'AIME BIEN FINALEMENT... ELLE INSISTE JAMAIS POUR ALLER TRAINER CHEZ RÉGINE... AGAÇANT PAR CONTRE C'EST SA MANIE D'ME TRIPOTER LE SEXE QUAND JE CONDUIS
T'AS L'AIR TRISTOUNE?..
QUI? MOI? NON, NON. ÇA VA EN PLEINE FORME
TU TE DÉSHABILLES PAS?
OUI, OUI. TOUT D'SUITE
TU VEUX QUE JE DANSE?
OH, OUI.. TU SAIS BIEN QUE J'ADORE!
J'SENS QU'JE VAIS AVOIR DROIT AU GRAND JEU, CE SOIR... C'UNE ENVIE D'BAISER MOI...
LE MAL QU'ELLE SE DONNE! J'AI L'IMPRESSION QUE LES FEMMES S'DONNENT DE PLUS EN PLUS DE MAL, SUR LE PLAN SEXUEL
HOU, LA, LA, ELLE MET L'PAQUET! FAUDRAIT QU'J'AI L'AIR UN PEU EXCITÉ TOUT D'MÊME... ELLE EST TOUT L'TEMPS EN TRAIN D'INVENTER DES TRUCS... REMARQUE L'EST BIEN FOUTUE. ...UN TRÈS BEAU CUL...
Y A 20 ANS J'AURAIS DÉJÀ ÉTÉ EN TRAIN DE GRIMPER AUX MURS... SURTOUT PENDANT MA PÉRIODE "CUL" À NEW-YORK!
QUAND J'FAISAIS CE STAGE À LA MAC ANN! AVANT C'ÉTAIT PLUTÔT LES SEINS ET LA NUQUE, MES FIXATIONS LORSQUE J'AI DÉCOUVERT LES DERRIÈRES DES FILLES NOIRES AMÉRICAINES, J'ARRIVAIS PAS À Y CROIRE! J'EN AVAIS LES LARMES AUX YEUX. J'EN AI PRESQUE FAIT UN CRISE MYSTIQUE
J'RÉPÉTAIS QU'J'AVAIS RETROUVÉ LA FOI PARCEQUE LE CUL D'UNE FILLE NOIRE EN TRAIN DE DANSER, C'EST BIEN LA PREUVE QUE DIEU EXISTE, NON?!
TIENS. JE BANDE!
9

ATTENDS UN PEU, CHÉRI... DANS UN PETIT MOMENT...
ET QU'EST-CE QUI LUI DIT QUE DANS UN MOMENT JE BANDERAI ENCORE?
METS-TOI COMME ÇA
TU ES TOUJOURS PRESSÉ
OUI... BIEN... OUI... C'EST TRÈS BIEN... J'TE PRENDS BIEN COMME ÇA, HEIN?. OUI
OUI... CONTINUE
J'SUIS ASSEZ EXCITÉ FINALEMENT... CHAQUE FOIS QUE JE LA PRENDS COMME ÇA PENDANT QU'ELLE DANSE, JE PENSE À UN FILM QUE J'AI VU À LA TÉLÉ...
...UNE GAZELLE COURT DANS LA SAVANE. ON ENTEND UNE DÉTONATION ET ELLE S'ÉCROULE L'INSTANT D'AVANT ELLE ÉTAIT LIBRE, LÉGÈRE, GRACIEUSE ET SOUDAIN LA VOILÀ ALLONGÉE, GÉMISSANTE, LE CORPS PARCOURU DE FRISSONS D'AGONIE...
JEAN. JEAN... JE VAIS VENIR JE VAIS VENIR... EMBRASSE-MOI!
NON. ATTEND, JE VEUX TE REGARDER PENDANT QUE TU VIENS
JEAN... JE... JE VIENS... JE VIEEENS! EMBRASSE-MOI!!! EMBRASSE-MOI!!!
OUIII... VIENS... DONNE-MOI TOUT... DONNE-MOI TOUT CE QUE TU AS
C'EST FASCINANT UNE FEMME QUI JOUIT. C'EST FOU!. .IL N'Y A RIEN DE PLUS BEAU AU MONDE!
HOU. LA, LA... JE ME DEMANDE SI ELLE N'EN RAJOUTE PAS UN PEU TOUT DE MÊME... ON NE SAIT JAMAIS AVEC LES FEMMES...
AAAAH
JEAAAN!!!
J'SUIS BIEN... J'AI 50 ANS MAIS J'ME SENS TRÈS BIEN... BON, JE FINIS CETTE CIGARETTE ET JE FILE...
JEAN... TU M'AIMES?
HEIN?.. NON, BIEN SÛR QUE NON
10

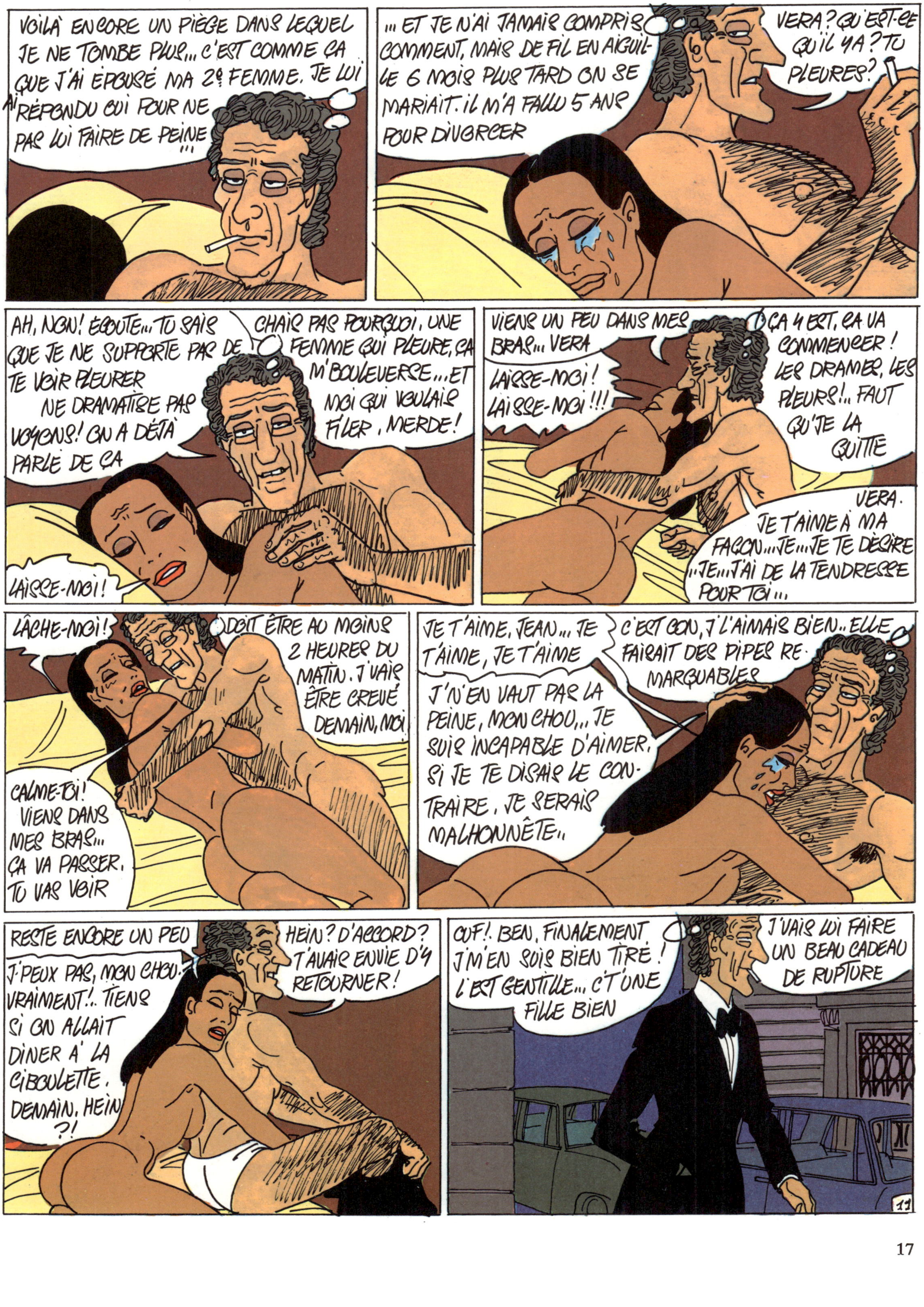
VOILÀ ENCORE UN PIÈGE DANS LEQUEL JE NE TOMBE PLUS... C'EST COMME ÇA QUE J'AI ÉPOUSÉ MA 2e FEMME. JE LUI AI RÉPONDU OUI POUR NE PAS LUI FAIRE DE PEINE...
... ET JE N'AI JAMAIS COMPRIS COMMENT, MAIS DE FIL EN AIGUILLE 6 MOIS PLUS TARD ON SE MARIAIT. IL M'A FALLU 5 ANS POUR DIVORCER
VERA? QU'EST-CE QU'IL Y A? TU PLEURES?
AH, NON! ÉCOUTE... TU SAIS QUE JE NE SUPPORTE PAS DE TE VOIR PLEURER
NE DRAMATISE PAS VOYONS! ON A DÉJÀ PARLÉ DE ÇA
CHAIS PAS POURQUOI, UNE FEMME QUI PLEURE, ÇA M'BOULEVERSE... ET MOI QUI VOULAIS FILER, MERDE!
LAISSE-MOI!
VIENS UN PEU DANS MES BRAS... VERA
ÇA Y EST, ÇA VA COMMENCER! LES DRAMES, LES PLEURS!.. FAUT QU'JE LA QUITTE
LAISSE-MOI! LAISSE-MOI!!!
VERA. JE T'AIME À MA FAÇON... JE... JE TE DÉSIRE ...JE... J'AI DE LA TENDRESSE POUR TOI...
LÂCHE-MOI!
DOIT ÊTRE AU MOINS 2 HEURES DU MATIN. J'VAIS ÊTRE CREVÉ DEMAIN, MOI
CALME-TOI! VIENS DANS MES BRAS... ÇA VA PASSER. TU VAS VOIR
JE T'AIME, JEAN... JE T'AIME, JE T'AIME
C'EST CON, J'L'AIMAIS BIEN.. ELLE FAISAIT DES PIPES REMARQUABLES
J'N'EN VAUT PAS LA PEINE, MON CHOU... JE SUIS INCAPABLE D'AIMER. SI JE TE DISAIS LE CONTRAIRE, JE SERAIS MALHONNÊTE..
RESTE ENCORE UN PEU
HEIN? D'ACCORD? T'AVAIS ENVIE D'Y RETOURNER!
J'PEUX PAS, MON CHOU. VRAIMENT!.. TIENS SI ON ALLAIT DÎNER À LA CIBOULETTE. DEMAIN, HEIN?!
OUF!. BEN, FINALEMENT, J'M'EN SUIS BIEN TIRÉ! L'EST GENTILLE... C'T'UNE FILLE BIEN
J'VAIS LUI FAIRE UN BEAU CADEAU DE RUPTURE
11

TIENS, UN MOT...
monsieur
La fille de monsieur
a téléphoné plusieurs
fois. J'ai mis du
champagne au frais
Bon anniversaire,
monsieur
Saïd
MERVEILLEUX. SAÏD. PENSE À TOUT!
PAW
EH, BIEN. JOYEUX ANNIVERSAIRE, MON VIEUX
ET VOILÀ... TU AS 50 ANS... C'T INTÉRESSANT...
TIENS. QU'EST-CE QUE J'AI DANS MA POCHE, MOI...
Chéri
Je sais que tu
as horreur des
anniversaires.
Ce petit cadeau
tout de même
de ta Vera
VRAIMENT GENTILLE... BON, BEN, J'OUVRIRAI ÇA DEMAIN... VAIS M'COUCHER
J'SUIS BIEN... TRANQUILLE ...SEUL... TOUT EST EN ORDRE... J'AI 50 ANS MAIS J'ME SENS TRÈS BIEN
J'VAIS DORMIR COMME UN BÉBÉ!
12

EN PLEINE FORME... CINQ HEURES DE SOMMEIL...
UNE HEURE DE JOGGING AU BOIS... ET FRAIS COMME L'OEIL!..
J'SUIS VRAIMENT UNE FORCE DE LA NATURE!.. TIENS MAIS... C'EST LA PETITE D'HIER SOIR!
EVA?! VOUS VOUS SOUVENEZ DE MOI?
COMMENT ALLEZ-VOUS DEPUIS HIER-SOIR?
AH, OUI. LE GÉNIE DE LA PUB...
VOUS PRÉPAREZ LE CROSS DU FIGARO?
ÇA NE VOUS FERAIT RIEN D'ARRÊTER CE TAXI?
POURQUOI FAIRE?
J'AI DES TAS DE CHOSES A' VOUS DIRE!.
OUF... JE N'AI JAMAIS AUTANT COURU APRÈS UNE FEMME!
JE SUPPOSE QUE JE DOIS ME SENTIR TERRIBLEMENT FLATTÉE
EVA. IL FAUT ABSOLUMENT QUE JE VOUS REVOIE!
VOUS AVEZ DÉCIDÉ ÇA!..
EVA, JE PARLE SÉRIEUSEMENT!
OH, ALORS, ÇA CHANGE TOUT!
DE TOUTES LES FAÇONS JE VOUS REVERRAI! JE SUIS TÊTU!
VOUS ME TROUVEREZ PARTOUT SUR VOTRE CHEMIN. JE VOUS HARCÈLERAI JUSQU'A CE QUE VOUS ACCEPTIEZ DE DINER AVEC MOI!
IL EST FOU, CE MEC!
ÇA VA! QUAND UNE FEMME VOUS TRAITE DE FOU, C'EST BON SIGNE!
VOUS PRENEZ MON TAXI D'ASSAUT ET MAINTENANT VOUS ME FAITES DU CHANTAGE! MAIS VOUS ÊTES PAS BIEN, VOUS!
BON, JE SUIS ARRIVÉE. SALUT
JE VOUS REVOIT QUAND?
VOUS ALLEZ ME LÂCHER, OUI?!
QUAND, EVA?!
APPELEZ-MOI CE SOIR VERS 7 HEURES. ON VERRA...
VOTRE NUMÉRO DE TÉLÉPHONE?
337.25.35
13

DITES DONC LE NOUVEAU BUDGET MIGEAU, C'EST PAS L'PEROU, HEIN...
ILS POURRAIENT FAIRE MIEUX MAIS LE PÈRE MIGEAU C'EST VRAIMENT LE PDG DE PROVINCE COMME ON EN FAIT PLUS
OUI, SOLANGE...
MONSIEUR JACQUES LOMBAIRE DÉSIRE VOUS PARLER...
OUI, OUI, BIEN SÛR PASSEZ-LE MOI
JACKIE, ÇA PAR EXEMPLE! C'EST LA JOURNÉE DES COÏNCIDENCE... J'AI RENCONTRÉ TON FILS CHEZ LA MAKAROFF
SANS BLAGUE!
C'EST LE LOMBAIRE DES LABORATOIRES
TU SAIS QUE J'AI FAILLI LUI ADMINISTRER UN CORRECTION À TON GAMIN
QU'EST-CE QU'IL A FAIT ENCORE, CETTE TÊTE DE LARD?
RIEN DE GRAVE. IL ROULAIT UN PEU TROP À MON GOÛT. QUOI...
IL M'EN A FAIT VOIR, J'TE JURE!
C'EST À SON SUJET QUE JE T'APPELLE... IL VEUT SE LANCER DANS LA PUB. ALORS J'AI PENSÉ À TOI
IL SAIT DE QUI TENIR, NON?
TU AS BIEN FAIT. QU'EST-CE QU'IL A COMME BAGAGE?
EH, BIEN, IL EST SORTI BON DERNIER D'H.E.C.
ET IL VIENT DE FAIRE UN STAGE À LA WALTER-THOMSON, À NEW YORK... JE CROIS QU'IL ÉTAIT PLUS SOUVENT AU CLUB 54 QUE...
IL JETTE SA GOURME, C'EST NORMAL
MAIS IL A OUBLIÉ D'ÊTRE CON, TU SAIS!
LE JOUR OÙ IL S'Y METTRA ÇA VA FAIRE MAL. C'EST UN DUR... IL A FAIT LES PARAS
MAIS C'EST TRÈS BON, TOUT ÇA. ON VA ARRANGER ÇA...
J'AURAIS AIMÉ QU'IL TRAVAILLE AVEC MOI MAIS IL VEUT VOLER DE SES PROPRES AILES. UNE TÊTE DE MULE!
LAISSE-LUI UN PEU LA BRIDE SUR LE COU... TU LE RÉCUPÈRERAS PLUS TARD
DE TOUTES LES FAÇONS. IL FAUT QU'ON SE VOIE... ON A DES PROBLÈMES AVEC NDL ET ON A PARLÉ DE TOI POUR LE BUDGET DE L'AN PROCHAIN... RIEN À VOIR AVEC LE PETIT, BIEN SÛR
BIEN SÛR!
C'EST ENCORE UN PEU TÔT MAIS QUAND ÇA SERA MÛR JE T'APPELLERAI
EH, BIEN, NOUS ALLONS HÉRITER DU FILS LOMBAIRE ET PEUT-ÊTRE, ACCESSOIREMENT DU BUDGET DES LABORATOIRES...
PFUIII... UN GROS MORCEAU! ON VA LUI FAIRE FAIRE SES CLASSES À CE PETIT...
VOUS N'AUREZ QU'À LUI REFILER LE BUDGET MIGEAU. IL FERA JOUJOU AVEC ÇA...
14

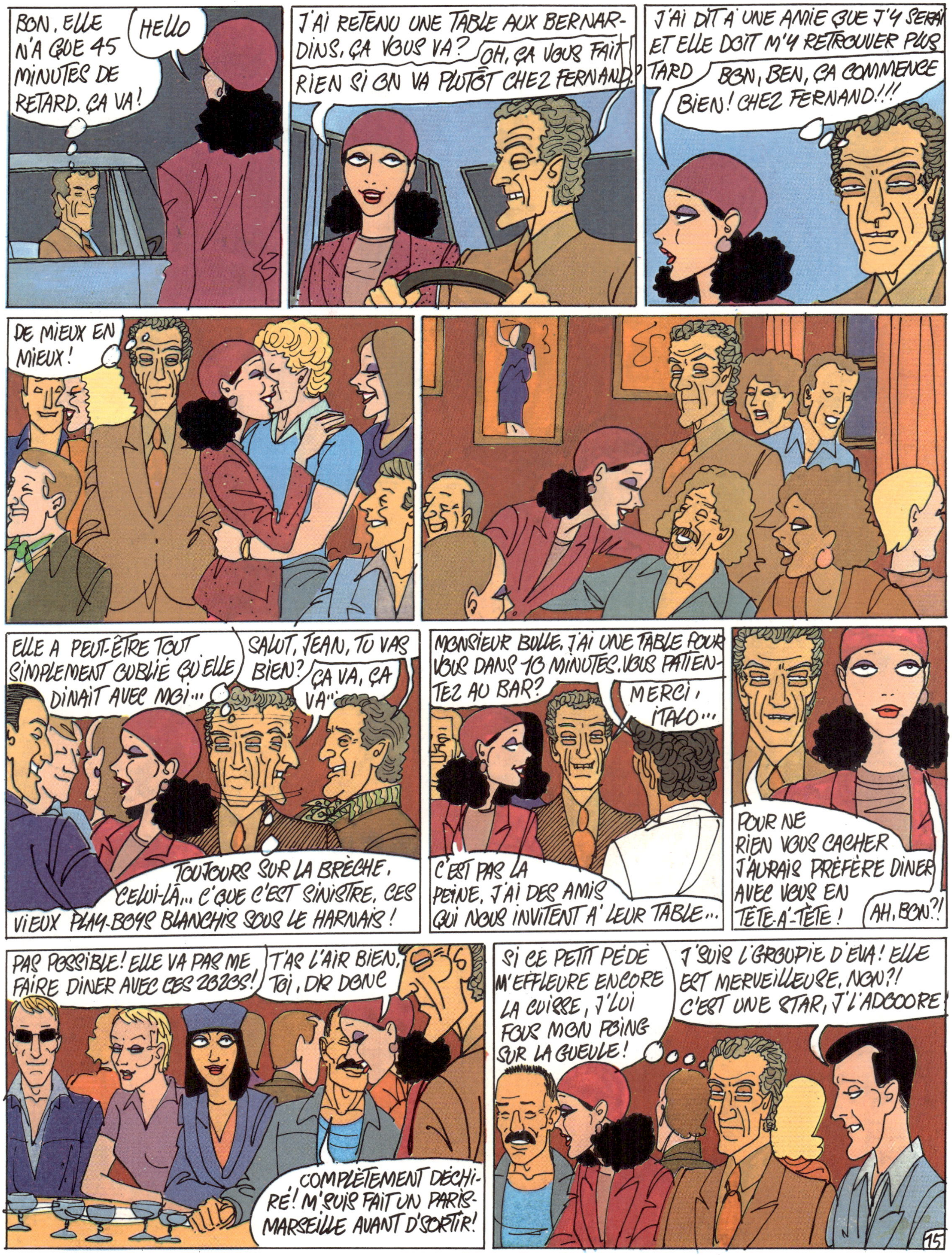

BON. ELLE N'A QUE 45 MINUTES DE RETARD. ÇA VA!
HELLO
J'AI RETENU UNE TABLE AUX BERNARDINS. ÇA VOUS VA?
OH, ÇA VOUS FAIT RIEN SI ON VA PLUTÔT CHEZ FERNAND?
J'AI DIT À UNE AMIE QUE J'Y SERAI ET ELLE DOIT M'Y RETROUVER PLUS TARD
BON, BEN, ÇA COMMENCE BIEN! CHEZ FERNAND!!!
DE MIEUX EN MIEUX!
ELLE A PEUT-ÊTRE TOUT SIMPLEMENT OUBLIÉ QU'ELLE DINAIT AVEC MOI...
SALUT, JEAN, TU VAS BIEN?
ÇA VA, ÇA VA...
TOUJOURS SUR LA BRÈCHE, CELUI-LÀ... C'QUE C'EST SINISTRE, CES VIEUX PLAY-BOYS BLANCHIS SOUS LE HARNAIS!
MONSIEUR BULLE, J'AI UNE TABLE POUR VOUS DANS 10 MINUTES. VOUS PATIENTEZ AU BAR?
MERCI, ITALO...
C'EST PAS LA PEINE, J'AI DES AMIS QUI NOUS INVITENT À LEUR TABLE...
POUR NE RIEN VOUS CACHER J'AURAIS PRÉFÉRÉ DINER AVEC VOUS EN TÊTE-À-TÊTE!
AH, BON?!
PAS POSSIBLE! ELLE VA PAS ME FAIRE DINER AVEC CES ZOZOS!
T'AS L'AIR BIEN, TOI, DIS DONC
COMPLÈTEMENT DÉCHIRÉ! M'SUIS FAIT UN PARIS-MARSEILLE AVANT D'SORTIR!
SI CE PETIT PÉDÉ M'EFFLEURE ENCORE LA CUISSE, J'LUI FOUS MON POING SUR LA GUEULE!
J'SUIS L'GROUPIE D'EVA! ELLE EST MERVEILLEUSE, NON?! C'EST UNE STAR, J'L'ADOOORE!
15

VOUS VENEZ? QU'EST-CE QUE VOUS FAITES?!
EH, BIEN, VOUS VOYEZ, JE PAIE L'ADDITION!
ON VA PRENDRE UN VERRE AU "SEPT", VOUS EN ÊTES?
UNE BOITE DE PÉDÉS, MAINTENANT!
NON, MERCI! JE VAIS ME COUCHER!
FAITES PAS LA MAUVAISE TÊTE, VENEZ
OH, OUI! C'EST MOI QUI VOUS LE DEMANDE!
ET MOI QUI AI HORREUR DES PÉDÉS!
J'DÉTESTE CES CLUBS D'HOMOSEXUELS... J'SORS TRÈS PEU. J'PRÉFÈRE RESTER CHEZ MOI, ÉCOUTER D'LA MUSIQUE CLASSIK. Z'AIMEZ LA MUSIK CLASSIK?
NON !!!
C'EST PAS UNE SOIRÉE, C'EST UN CHEMIN DE CROIX!
VOUS VOULEZ BIEN DANSER 5 MINUTES AVEC IRIS? J'AI 2 MOTS A' DIRE A' UN AMI... IRIS EST BRÉSILIENNE, ELLE EST BELLE, NON?!
ELLE VA PAS ME FAIRE DANSER AVEC CE TRAVELO?!!
POURQUOI JE SUPPORTE TOUT ÇA, MOI?!!
EVA, SI NOUS ALLIONS PRENDRE UN VERRE CHEZ MOI, MAINTENANT?
OUI, C'EST UNE BONNE IDÉE, JEAN
NOUS Y VOILÀ, ENFIN!!!
JEAN NOUS INVITE A' PRENDRE UN VERRE CHEZ LUI... D'ACCORD?
16

QU'EST-CE QUE J'AI, MOI, A' ME LAISSER MENER EN BATEAU PAR CETTE PETIT CONNE!
J'AIME BEAUCOUP LIRE AUSSI. VOUS AIMEZ LA LECTURE?
NON!
DANS 10 MINUTES JE FOUS TOUS CES ZOZOS DEHORS ET CETTE PETITE IDIOTE PASSE A' LA CASSEROLE, DE GRÉ OU DE FORCE!..
C'EST D'UN RAFFINÉ CHEZ VOUS. J'ADOOORE!
ON S'FAIT UNE LIGNE, VOUS EN VOULEZ, C'EST D'LA BONNE!
C'EST ÇA!.. CES PETITS PÉDÉS VIENNENT SE DROGUER CHEZ MOI, EN PLUS!
MERCI. JE PRÉFÈRE LE WHISKY...
SALOPE!!!
AÏE!
J'EN AI ASSEZ!
SCHLAC
ELLE EST FOLLE CELLE-LÀ!
TU VEUX PAS QUE JE TIENNE LA CHANDELLE, AUSSI?!
MA STATUETTE PRÉCOLOMBIENNE!
TU OSES LEVER LA MAIN SUR MOI!
NON, MAIS C'EST FINI, OUI?!
A' GENOUX! DEMANDE PARDON!
PARDON!
TU VAS ME LÂCHER, ESPÈCE D'ENCOUILLÉ?!
J'AIME PAS QU'ON M'TOUCHE, J'TE DIS!
DEMANDE PARDON!
PARDON!
MIEUX QUE ÇA!
PARDON! PARDON!
Z'AVEZ EU D'LA CHANCE! ELLE AURAIT PU VOUS FAIRE MAL! ELLE EST 3e DAN DE KARATÉ!
17

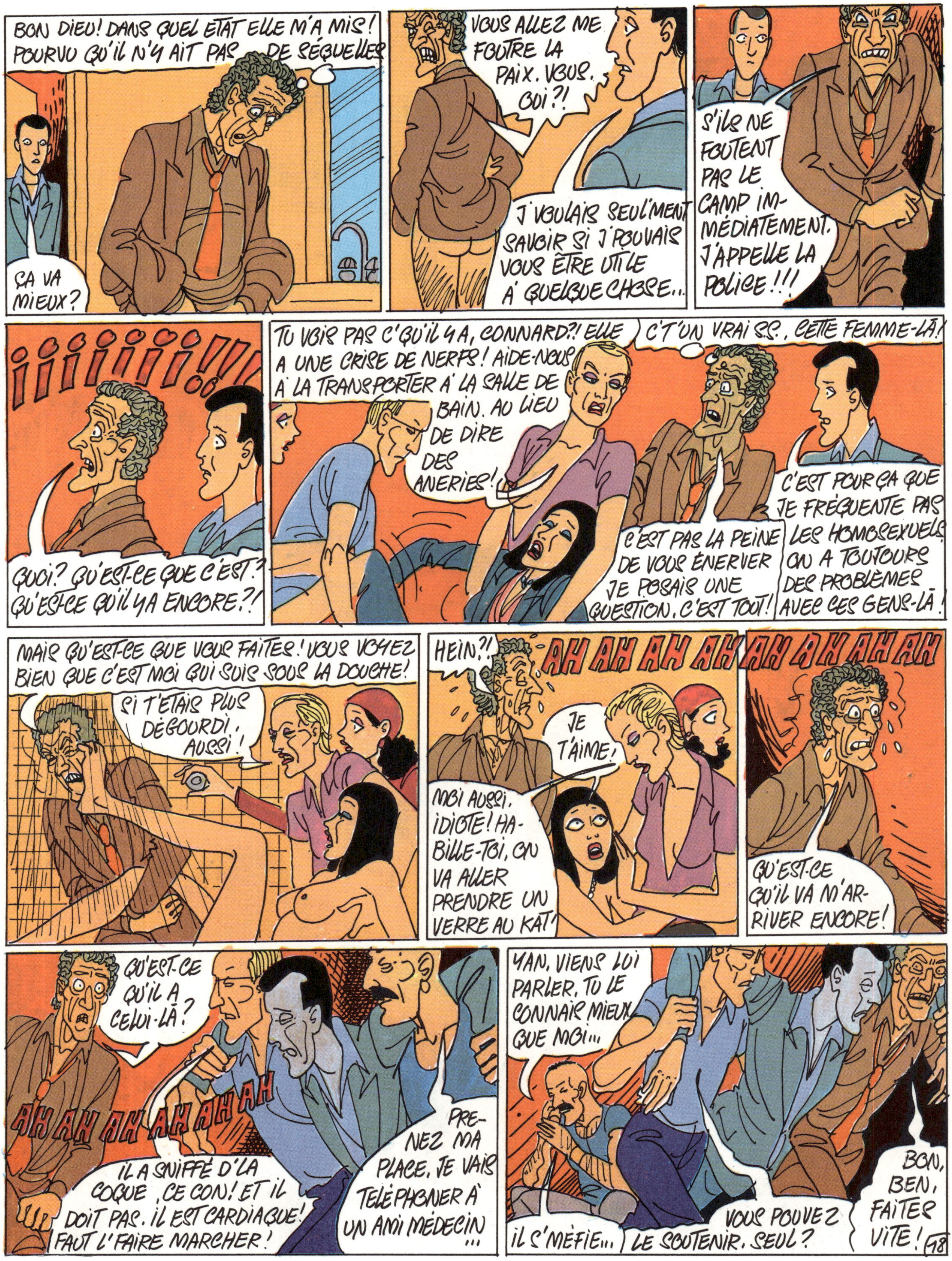
BON DIEU! DANS QUEL ÉTAT ELLE M'A MIS! POURVU QU'IL N'Y AIT PAS DE SÉQUELLES
ÇA VA MIEUX?
VOUS ALLEZ ME FOUTRE LA PAIX, VOUS, OUI?!
J'VOULAIS SEUL'MENT SAVOIR SI J'POUVAIS VOUS ÊTRE UTILE À QUELQUE CHOSE...
S'ILS NE FOUTENT PAS LE CAMP IMMÉDIATEMENT, J'APPELLE LA POLICE!!!
iiiiiiiii!!!!
QUOI? QU'EST-CE QUE C'EST? QU'EST-CE QU'IL Y A ENCORE?!
TU VOIS PAS C'QU'IL Y A, CONNARD?! ELLE A UNE CRISE DE NERFS! AIDE-NOUS À LA TRANSPORTER À LA SALLE DE BAIN, AU LIEU DE DIRE DES ÂNERIES!
C'T'UN VRAI S.S., CETTE FEMME-LÀ!
C'EST PAS LA PEINE DE VOUS ÉNERVER. JE POSAIS UNE QUESTION, C'EST TOUT!
C'EST POUR ÇA QUE JE FRÉQUENTE PAS LES HOMOSEXUELS. ON A TOUJOURS DES PROBLÈMES AVEC CES GENS-LÀ!
MAIS QU'EST-CE QUE VOUS FAITES! VOUS VOYEZ BIEN QUE C'EST MOI QUI SUIS SOUS LA DOUCHE!
SI T'ÉTAIS PLUS DÉGOURDI, AUSSI!
HEIN?!
AH AH AH AH AH AH AH AH
JE T'AIME!
MOI AUSSI, IDIOTE! HABILLE-TOI, ON VA ALLER PRENDRE UN VERRE AU KAT!
QU'EST-CE QU'IL VA M'ARRIVER ENCORE!
QU'EST-CE QU'IL A CELUI-LÀ?
AH AH AH AH AH AH AH
IL A SNIFFÉ D'LA COQUE, CE CON! ET IL DOIT PAS. IL EST CARDIAQUE! FAUT L'FAIRE MARCHER!
PRENEZ MA PLACE. JE VAIS TÉLÉPHONER À UN AMI MÉDECIN...
YAN, VIENS LUI PARLER. TU LE CONNAIS MIEUX QUE MOI...
IL S'MÉFIE...
VOUS POUVEZ LE SOUTENIR, SEUL?
BON, BEN, FAITES VITE!
18

L'TOUBIB SERA LÀ DANS 10 MINUTES
BON. DÉPÊ CHEZ-VOUS DE VENIR PRENDRE MA PLACE. MERDE!
VOUS M'INTIMIDEZ ... ALORS J'ME SUIS DIT...
VOUS VENEZ, OUI OU MERDE?!!
MAIS... MAIS OÙ SONT-ILS?! NON!!! C'EST PAS VRAI! ILS ONT TOUS FILÉ!
J'VAIS EN PRENDRE JUSTE UN PEU... POUR QU'JE M'SENTE PLUS À L'AISE...
LES SALAUDS! ME LAISSER SEUL DANS CETTE SITUATION!
J'ME SENS MAL! JE... JE VAIS MOURIR!!!
AAAHH... J'ME SENS MAL!
DRING
SI CE PETIT CON CLAQUE D'UNE OVERDOSE CHEZ MOI, J'VAIS ÊTRE DANS D'BEAUX DRAPS!
VOILÀ L'TOUBIB!
AH, DOCTEUR, ENFIN!
AH, MAIS NOUS AVONS DINÉ ENSEMBLE CHEZ IRINA!
ALLONS, ÇA N'EST PAS BIEN GRAVE... UNE PETITE INJECTION...
NON! PAS DE PIQURE! J'SUPPORTE PAS LES PIQURES!
IL VA FALLOIR QUE VOUS M'AIDIEZ, MON CHER...
C'EST JEAN VOTRE PRÉNOM?
OUI
ALLONS, MA POUPÉE D'AMOUR!.. TON JEAN EST LÀ QUI TE TIENT LA MAIN! TU NE VAS LUI FAIRE HONTE?
BON, IL VA DORMIR MAINTENANT... DU REPOS ET PAS DE CALIN PENDANT 2 OU 3 JOURS, HEIN!!
ÉCOUTEZ, VOUS VOUS MÉPRENEZ, JE...
JE VOUS EN PRIE! NE JOUEZ PAS LES HONTEUSES AVEC MOI, JE SUIS UNE COPINE!
VOUS ÊTES TOUT À FAIT L'HOMME QU'IL FAUT À PATRICK, QUELQU'UN DE SOLIDE, DE SÉCURISANT... ET VOUS ÊTES BEL HOMME...
VOUS N'ÊTES PAS MAL NON PLUS...
AH, AH... SI VOUS M'AVIEZ CONNU IL Y A 20 ANS!
JE SUIS SÛR QUE VOUS AVEZ ENCORE UN TRÈS BEAU CUL!
VOUS AVEZ UN D'CES TEXTES, VOUS!
BON DIEU! QUELLE SOIRÉE!
19

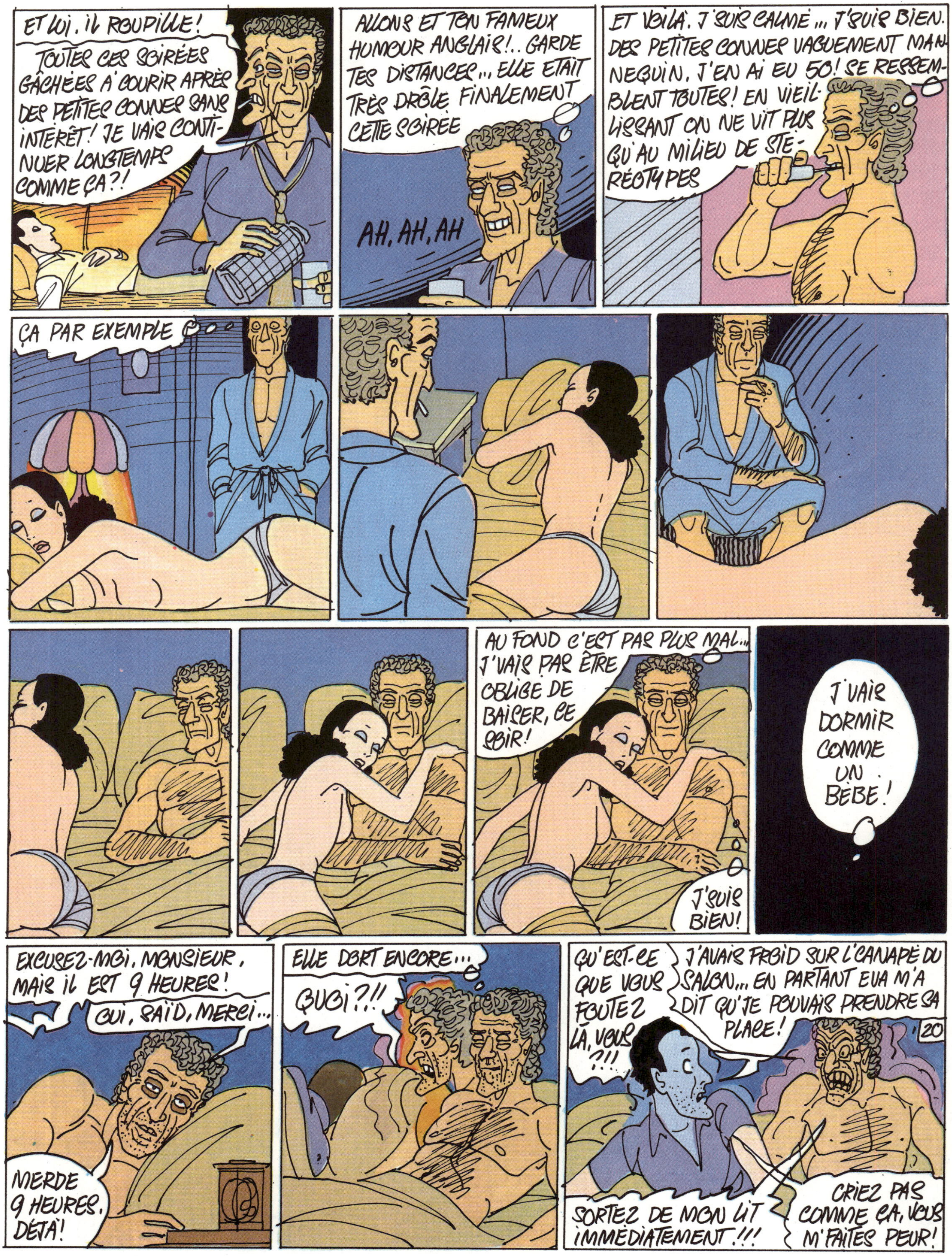
ET LUI, IL ROUPILLE!
TOUTES CES SOIRÉES GÂCHÉES À COURIR APRÈS DES PETITES CONNES SANS INTÉRÊT! JE VAIS CONTINUER LONGTEMPS COMME ÇA?!
ALLONS ET TON FAMEUX HUMOUR ANGLAIS!.. GARDE TES DISTANCES... ELLE ÉTAIT TRÈS DRÔLE FINALEMENT CETTE SOIRÉE
AH, AH, AH
ET VOILÀ. J'SUIS CALME... J'SUIS BIEN. DES PETITES CONNES VAGUEMENT MANNEQUIN. J'EN AI EU 50! SE RESSEMBLENT TOUTES! EN VIEILLISSANT ON NE VIT PLUS QU'AU MILIEU DE STÉRÉOTYPES
ÇA PAR EXEMPLE
AU FOND C'EST PAS PLUS MAL... J'VAIS PAS ÊTRE OBLIGÉ DE BAISER, CE SOIR!
J'SUIS BIEN!
J'VAIS DORMIR COMME UN BÉBÉ!
EXCUSEZ-MOI, MONSIEUR, MAIS IL EST 9 HEURES!
OUI, SAÏD, MERCI...
MERDE 9 HEURES, DÉJÀ!
ELLE DORT ENCORE...
QUOI?!!
QU'EST-CE QUE VOUS FOUTEZ LÀ, VOUS ?!!
J'AVAIS FROID SUR L'CANAPÉ DU SALON... EN PARTANT EVA M'A DIT QU'JE POUVAIS PRENDRE SA PLACE!
20
SORTEZ DE MON LIT IMMÉDIATEMENT!!!
CRIEZ PAS COMME ÇA, VOUS M'FAITES PEUR!

MAIS J'ARRIVERAI JAMAIS À M'EN DÉBARRASSER !
J'PEUX VOUS EMPRUNTER VOT' RASOIR ?
NON !!! SORTEZ DE MA SALLE DE BAIN !
VOUS ÊTES ENCORE LÀ, VOUS ! MAIS VOUS COMPTEZ VOUS INSTALLER ICI DÉFINITIVEMENT ?!
BON, EH BIEN, MOI, JE VAIS PRENDRE MON PETIT DÉJEUNER DEHORS !
JE CROYAIS BIEN FAIRE, MONSIEUR, VOTRE AMI...
CE N'EST PAS MON AMI !!! JE NE REMETTRAI PLUS LES PIEDS ICI, TANT QU'IL SERA LÀ, VOUS ENTENDEZ, SAID !
AU FAIT, J'AI LE PETIT LOMBAIRE DANS MON BUREAU. JE VOUS L'ENVOIE ?
JE PENSE QU'IL VA FAIRE UNE DRÔLE DE TÊTE LORSQU'IL ME VERRA
ENVOYEZ-LE MOI... ON VA S'AMUSER UN PEU AUX DÉPENS DE CE GAMIN...
JE CROIS QUE NOUS AVONS DÉJÀ FAIT CONNAISSANCE...
AH, MAIS OUI ! VOUS ÉTIEZ AVEC LA GRANDE VERA CHEZ IRINA, C'EST ÇA !
ENCORE UN PEU ET JE FAISAIS UNE TÊTE AU CARRÉ À MON FUTUR PATRON !.. C'EST L'GAG, NON ?!
PENSEZ-VOUS QU'IL SOIT SI FACILE DE PRÉVOIR CELUI DES DEUX QUI AURAIT "FAIT UNE TÊTE AU CARRÉ" À L'AUTRE, COMME VOUS DITES ?
C'EST L'GAG !
Z'AVEZ FAIT UN SACRÉ RAFFUT CHEZ IRINA ! J'CROIS QU'ON VA S'ENTENDRE... J'AIME LES GRANDES GUEULES !
'TIPATHIQUE, CE GAMIN !
HEUREUX D'AVOIR TROUVÉ GRÂCE À VOS YEUX ! VOUS AVEZ BIEN FAIT DE VOUS ASSEOIR, J'ALLAIS JUSTEMENT VOUS EN PRIER...
COMMENT VA VOTRE PÈRE ? UN TEMPS FOU QUE JE NE L'AI PLUS VU...
LE VIEUX ? EN PLEINE MÉNOPAUSE ! IL CHASSE LA MINETTE COMME UN FOU ! REMARQUEZ IL TIENT BIEN L'COUP POUR SON ÂGE !
IL N'EST PAS SI VIEUX
IL A QUAND MÊME SES 50 BALAIS, HEIN !
21

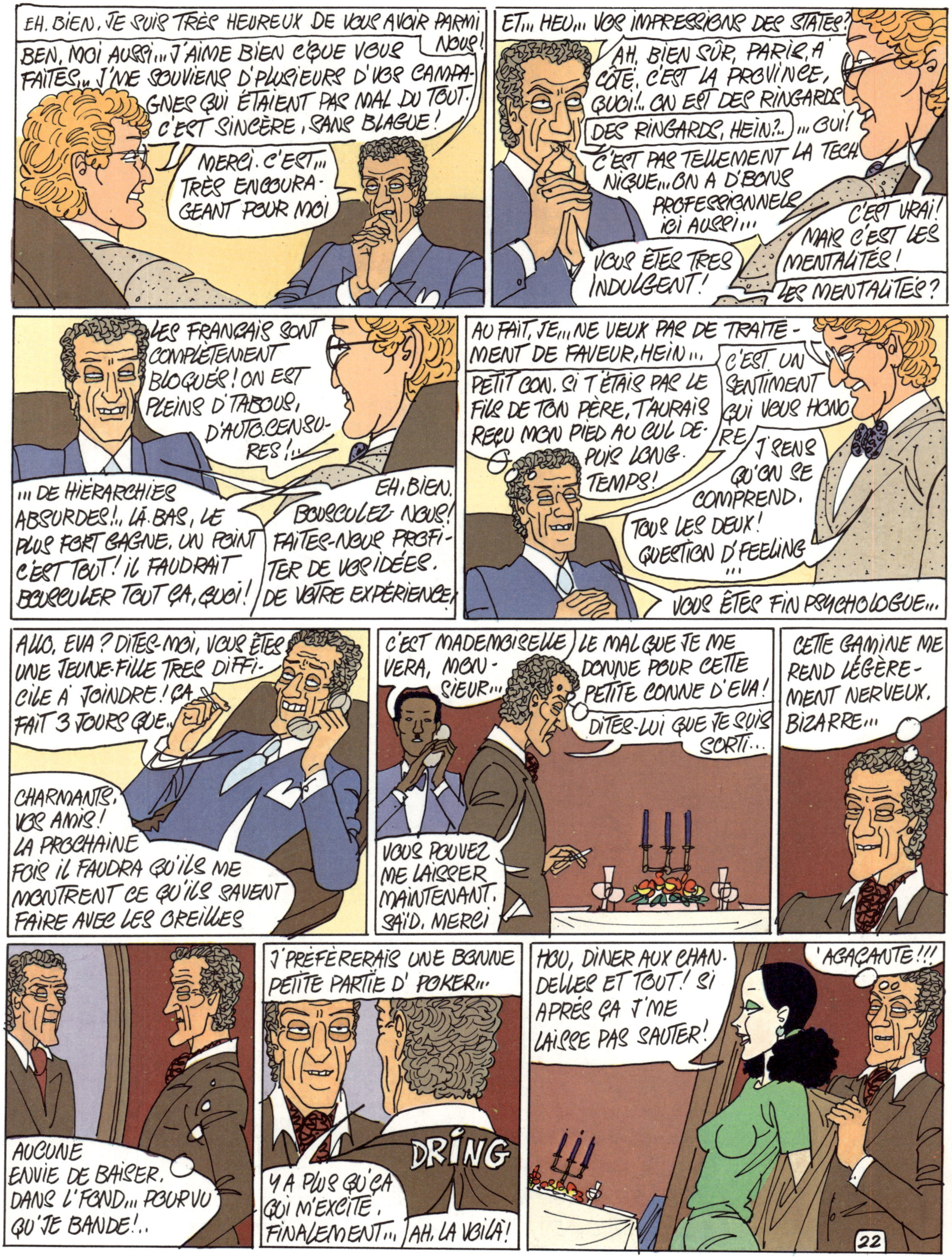
EH. BIEN, JE SUIS TRÈS HEUREUX DE VOUS AVOIR PARMI NOUS!
BEN, MOI AUSSI... J'AIME BIEN C'QUE VOUS FAITES... J'ME SOUVIENS D'PLUSIEURS D'VOS CAMPAGNES QUI ÉTAIENT PAS MAL DU TOUT. C'EST SINCÈRE, SANS BLAGUE!
MERCI. C'EST... TRÈS ENCOURAGEANT POUR MOI
ET... HEU... VOS IMPRESSIONS DES STATES?
AH, BIEN SÛR, PARIS, À CÔTÉ, C'EST LA PROVINCE, QUOI!.. ON EST DES RINGARDS
DES RINGARDS, HEIN?..
... OUI! C'EST PAS TELLEMENT LA TECHNIQUE... ON A D'BONS PROFESSIONNELS ICI AUSSI...
C'EST VRAI! MAIS C'EST LES MENTALITÉS!
VOUS ÊTES TRES INDULGENT!
LES MENTALITÉS?
LES FRANÇAIS SONT COMPLÈTEMENT BLOQUÉS! ON EST PLEINS D'TABOUS, D'AUTO-CENSURES!...
... DE HIÉRARCHIES ABSURDES!.. LÀ-BAS, LE PLUS FORT GAGNE. UN POINT C'EST TOUT! IL FAUDRAIT BOUSCULER TOUT ÇA, QUOI!
EH, BIEN, BOUSCULEZ-NOUS! FAITES-NOUS PROFITER DE VOS IDÉES. DE VOTRE EXPÉRIENCE!
AU FAIT, JE... NE VEUX PAS DE TRAITEMENT DE FAVEUR, HEIN...
PETIT CON. SI T'ÉTAIS PAS LE FILS DE TON PÈRE, T'AURAIS REÇU MON PIED AU CUL DEPUIS LONGTEMPS!
C'EST UN SENTIMENT QUI VOUS HONORE
J'SENS QU'ON SE COMPREND. TOUS LES DEUX! QUESTION D'FEELING...
VOUS ÊTES FIN PSYCHOLOGUE...
ALLO, EVA? DITES-MOI, VOUS ÊTES UNE JEUNE FILLE TRES DIFFICILE À JOINDRE! ÇA FAIT 3 JOURS QUE...
CHARMANTS, VOS AMIS! LA PROCHAINE FOIS IL FAUDRA QU'ILS ME MONTRENT CE QU'ILS SAVENT FAIRE AVEC LES OREILLES
C'EST MADEMOISELLE VERA, MONSIEUR...
LE MAL QUE JE ME DONNE POUR CETTE PETITE CONNE D'EVA!
DITES-LUI QUE JE SUIS SORTI...
VOUS POUVEZ ME LAISSER MAINTENANT, SAÏD. MERCI
CETTE GAMINE ME REND LÉGÈREMENT NERVEUX. BIZARRE...
AUCUNE ENVIE DE BAISER. DANS L'FOND... POURVU QU'JE BANDE!..
J'PRÉFÉRERAIS UNE BONNE PETITE PARTIE D'POKER...
DRING
Y A PLUS QU'ÇA QUI M'EXCITE, FINALEMENT...
AH, LA VOILÀ!
HOU, DINER AUX CHANDELLES ET TOUT! SI APRÈS ÇA J'ME LAISSE PAS SAUTER!
AGAÇANTE!!!
22

CHAMPAGNE?
NON. DU COCA, SI VOUS AVEZ
VOUS SAVEZ, LE COCA-COLA ET LE CAVIAR...
VOUS VOULEZ FUMER? J'AI UNE HUILE SUPER
NON, MERCI
Z'AVEZ TORT. ÇA VOUS FERAIT DU BIEN
PARLEZ-MOI UN PEU DE VOUS, EVA
BOF. PAS GRAND CHOSE À RACONTER
JE SUIS SÛR DU CONTRAIRE!
EH, BIEN, J'AI QUITTÉ MA FAMILLE À 17 ANS. AVEC UN GAUCHISTE...
...FAIT PARTIE D'UN RÉSEAU LIÉ À LA BANDE À BAADER MAIS ÇA N'ÉTAIT PAS... VRAIMENT DRÔLE.
APRÈS?.. LES TRUCS CLASSIQUES. IBIZA. LA CRÈTE ...
6 MOIS DANS UN ASCHRAM EN INDE. LA COLOMBIE...
J'AI FINI EN CALIFORNIE, AMOUREUSE D'UN ANGLAIS TRÈS BEAU. J'EN AI EU ASSEZ D'LUI DRAGUER DES MINETS! J'PRENAIS DES TRUCS D'PLUS EN PLUS DURS. J'AI EU PEUR.
J'SUIS RENTRÉE CHEZ MES PARENTS. Z'ONT ÉTÉ TRÈS CHICS. M'ONT RETAPÉ. J'SUIS RESTÉE UN AN. J'PRÉPARAIS MON BAC PAR CORRESPONDANCE... JE DEVAIS...
... ME MARIER AVEC UN TOUBIB. 10 MINUTES AVANT LA CÉRÉMONIE, J'AI PRIS LE TRAIN POUR PARIS... VÉCU AVEC UN MUSICIEN NOIR AMÉRICAIN. IL ME BATTAIT ET M'ENFERMAIT DANS SA CHAMBRE D'HÔTEL.
IL EST TOMBÉ POUR UNE HISTOIRE DE DROGUE. J'AI FAIT QUE 2 MOIS DE PRÉVENTIVE. NON-LIEU... QUOI D'AUTRE?.. DES PHOTOS, DES DÉFILÉS DE MODE. UN PEU D'THÉÂTRE COMME TOUT L'MONDE. UN PETIT RÔLE DANS UN FILM TOURNÉ...
AU KENYA. LÀ, J'AI CONNU UN POLONAIS TRAFIQUANT D'OBJETS D'ART NÈGRE... GENTIL, MAIS IL ME FORÇAIT À COUCHER AVEC LES HAUT-FONCTIONNAIRES AFRICAINS. J'SUIS PAS RACISTE MAIS C'ÉTAIT UN PEU AGAÇANT, NON?.. VOILÀ! ET VOUS? JE SUIS SÛRE QUE VOUS AVEZ EU UNE VIE PASSIONNANTE, VOUS
DRING
EH, BIEN. HEU...
AH, ÇA DOIT ÊTRE POUR MOI!
DRING
MALIKA?.. OUI, ÉCOUTE, JE L'AI LAISSÉ À CÔTÉ DE MON LIT. LES CLEFS SONT SOUS LE PAILLASSON...
DAVID A DES DISQUES POUR TOI QUE MICHAEL A RAPPORTÉ DE NEW YORK. TU VAS VOIR SACHA? DIS-LUI QUE JOCELYN CHERCHE À LE JOINDRE DEPUIS 3 JOURS. TRÈS IMPORTANT. IL PART LUNDI À MILAN... AH, AUSSI...
AVEC LA VIE QU'ELLE A EUE, IL DOIT PAS FALLOIR LUI EN PROMETTRE!
POURVU QU'TE BANDE!
EVA. VOUS ÊTES TRÈS BELLE!
LE GENRE DE FILLE AVEC QUI FAUT ÊTRE TRÈS "SEXE".
23

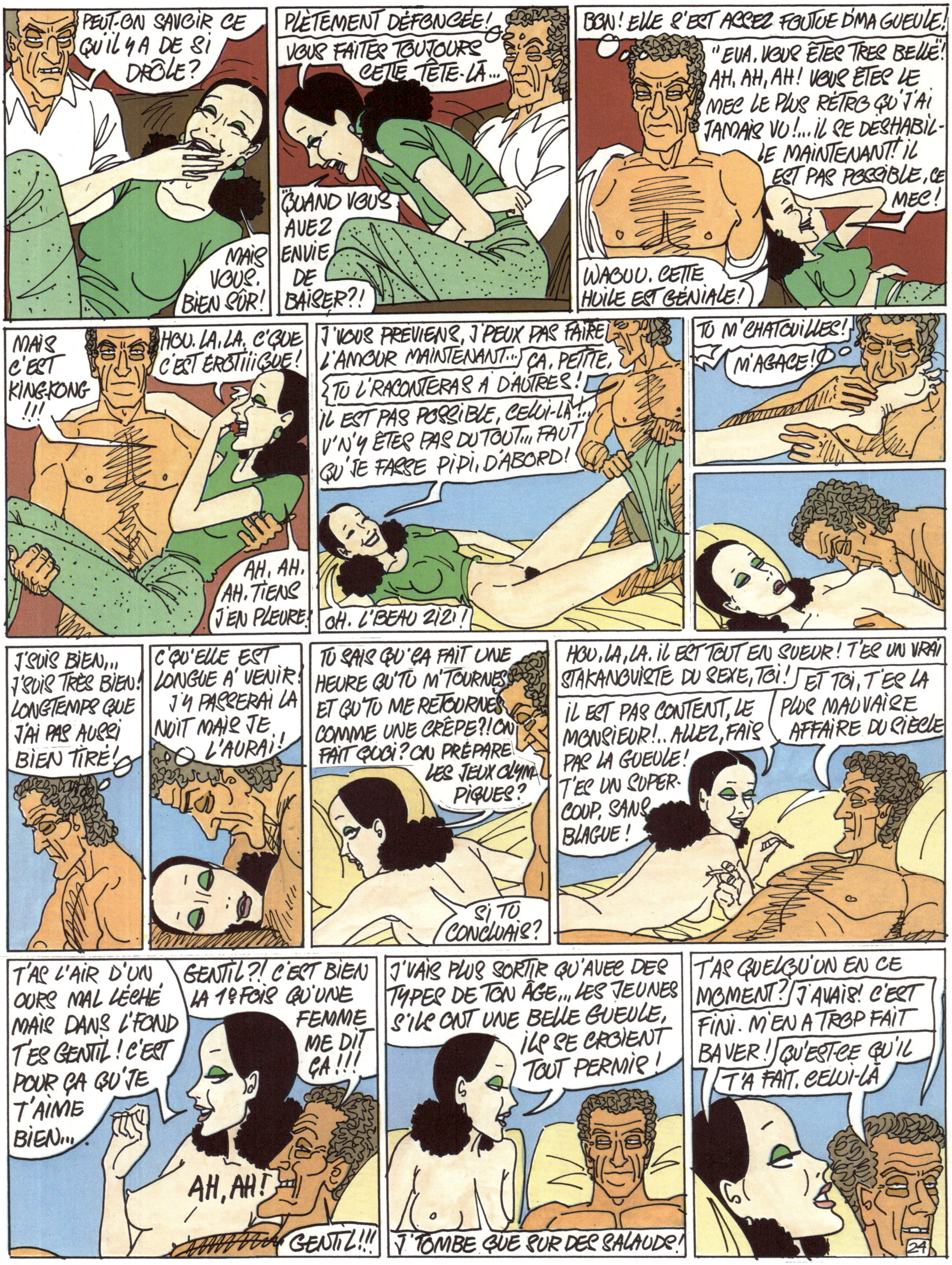
PEUT-ON SAVOIR CE QU'IL Y A DE SI DRÔLE?
MAIS VOUS. BIEN SÛR!
PLÈTEMENT DÉFONCÉE!
VOUS FAITES TOUJOURS CETTE TÊTE-LÀ...
QUAND VOUS AVEZ ENVIE DE BAISER?!
BON! ELLE S'EST ASSEZ FOUTUE D'MA GUEULE!
"EVA, VOUS ÊTES TRÈS BELLE!"
AH, AH, AH! VOUS ÊTES LE MEC LE PLUS RÉTRO QU'J'AI JAMAIS VU!... IL SE DÉSHABILLE MAINTENANT! IL EST PAS POSSIBLE, CE MEC!
WAOUU. CETTE HUILE EST GÉNIALE!
MAIS C'EST KING-KONG!!!
HOU, LA, LA, C'QUE C'EST ÉROTIIIQUE!
AH, AH, AH. TIENS J'EN PLEURE!
J'VOUS PRÉVIENS, J'PEUX PAS FAIRE L'AMOUR MAINTENANT...
ÇA, PETITE, TU L'RACONTERAS À D'AUTRES!
IL EST PAS POSSIBLE, CELUI-LÀ!...
V'N'Y ÊTES PAS DU TOUT... FAUT QU'JE FASSE PIPI, D'ABORD!
OH. L'BEAU ZIZI!
TU M'CHATOUILLES!
M'AGACE!
J'SUIS BIEN... J'SUIS TRÈS BIEN! LONGTEMPS QUE J'AI PAS AUSSI BIEN TIRÉ!
C'QU'ELLE EST LONGUE À VENIR! J'Y PASSERAI LA NUIT MAIS JE L'AURAI!
TU SAIS QU'ÇA FAIT UNE HEURE QU'TU M'TOURNES ET QU'TU ME RETOURNES COMME UNE CRÊPE?! ON FAIT QUOI? ON PRÉPARE LES JEUX OLYMPIQUES?
SI TU CONCLUAIS?
HOU, LA, LA. IL EST TOUT EN SUEUR! T'ES UN VRAI STAKANOVISTE DU SEXE, TOI!
IL EST PAS CONTENT, LE MONSIEUR!... ALLEZ, FAIS PAS LA GUEULE! T'ES UN SUPER-COUP, SANS BLAGUE!
ET TOI, T'ES LA PLUS MAUVAISE AFFAIRE DU SIÈCLE
T'AS L'AIR D'UN OURS MAL LÉCHÉ MAIS DANS L'FOND T'ES GENTIL! C'EST POUR ÇA QU'JE T'AIME BIEN...
GENTIL?! C'EST BIEN LA 1re FOIS QU'UNE FEMME ME DIT ÇA!!!
AH, AH!
GENTIL!!!
J'VAIS PLUS SORTIR QU'AVEC DES TYPES DE TON ÂGE... LES JEUNES S'ILS ONT UNE BELLE GUEULE, ILS SE CROIENT TOUT PERMIS!
J'TOMBE QUE SUR DES SALAUDS!
T'AS QUELQU'UN EN CE MOMENT?
J'AVAIS! C'EST FINI. M'EN A TROP FAIT BAVER!
QU'EST-CE QU'IL T'A FAIT, CELUI-LÀ
24

BOF... S'IL TE SORT.
C'EST AVEC UNE BANDE DE COPAINS ET TU DOIS SUIVRE COMME UN TOUTOU. LA PROMOTION SUPRÊME C'EST LORSQUE TU ES ADMISE À PRÉPARER LES SANDWICHS ET LE CAFÉ PENDANT QUE CES MESSIEURS...
... JOUENT AU POKER! ... AU FOND QUE CE SOIT LE POKER, LA MUSIQUE OU LA RÉVOLUTION, J'AI TOUJOURS FAIT PARTIE DE L'INTENDANCE, MOI...
... MAIS ÇA VA CHANGER, TOUT ÇA!
ET IL TE BAISAIT BIEN, AU MOINS?
OH, DE TEMPS À AUTRES IL DAIGNAIT ME LAISSER LUI FAIRE L'AMOUR...
LE DERNIER COUP QU'IL M'A FAIT... IL ME TRAINE DANS UN DINER SUPER-CHIANT. IL M'ADRESSE PAS LA PAROLE DE LA SOIRÉE ET EN PARTANT, IL VEUT ME FAIRE FAIRE L'AMOUR AVEC UNE NANA QU'IL VENAIT DE DRAGUER!
J'LUI AI DIT TCHAO. È FINITA LA COMEDIA! ... BEN, C'ÉTAIT L'SOIR OÙ J'T'AI RENCONTRÉ, CHEZ TON AMIE IRINA...
JE LE CONNAIS?
PROBABLEMENT. TOUT LE MONDE LE CONNAIS... IL S'APPELE DANY, DANY LOMBAIRE
J'AI OUVERT UN DOSSIER SUR LES LABORATOIRES LOMBAIRE. AVEC LES COSMÉTIQUES, LES PARFUMS ET LE RESTE C'EST UN DES PLUS GROS BUDGETS DE FRANCE!.
ET NOTRE PETIT CON QU'EST-CE QU'IL FABRIQUE?
LE P'TIT LOMBAIRE?
IL EST TOUT SAUF UN CON, VOUS SAVEZ... C'EST LE JEUNE CHIEN TOUT-FOU MAIS IL A DES IDÉES ET DE L'APLOMB. IL IRA LOIN, CE GAMIN...
SALUT, PATRON. J'VOUS DÉRANGE?
VOUS AVEZ RAISON, INUTILE DE FRAPPER AVANT D'ENTRER! TOUT CE QUE JE VOUS DEMANDE, SI VOUS ME TROUVEZ EN TRAIN DE SAUTER MA SECRÉTAIRE, C'EST DE REFERMER LA PORTE EN SORTANT!
VOUS RIGOLEZ MAIS ÇA M'EST ARRIVÉ AVEC MON PÈRE!
IL VA FINIR PAR M'ADMINISTRER DE GRANDES CLAQUES DANS LE DOS, C'EST SÛR!
LA TRONCHE DU VIEUX QUAND IL M'A VU! L'AVAIT OUBLIÉ DE FERMER LA PORTE À CLEF!
25

CE QUE CE GAMIN M'EST ANTIPATHIQUE, C'EST PAS CROYABLE!
J'VOUS LAISSE LE DOSSIER MIGEAU. AVEC LA STRATÉGIE QUE JE VAIS LUI PROPOSER... J'CROIS QU'J'AI EU UNE IDÉE ASSEZ GÉNIALE. VOUS VERREZ
MAIS FAUDRA QU'IL CASQUE, SON BUDGET EST INSUFFISANT!
CE QUI M'AGACE LE PLUS CHEZ LUI, C'EST SON NEZ! C'QUE J'AIMERAIS LE FRAPPER LÀ, SUR L'ARRÊTE DU NEZ, SENTIR S'ÉCRASER LE CARTILAGE...
POURRA PAS DIRE QUE JE ME SUIS FOUTU D'SA GUEULE! ... UN BEAU CADEAU DE RUPTURE
ELLE LE MÉRITE, C'EST UNE FILLE BIEN
ON VA FAIRE ÇA PROPREMENT
POURVU QUE ÇA NE SOIT PAS TROP PÉNIBLE!
TU ES TRÈS EN BEAUTÉ, CE SOIR, VERA
BON, FAUT Y ALLER
VERA... J'AI QUELQUE CHOSE DE TRÈS PÉNIBLE À TE DIRE...
ALORS NE LE DIS PAS!
ÇA N'EST PAS NÉCESSAIRE. J'AI COMPRIS. VA...
ÉCOUTE... JE VOUDRAIS QUE TU SACHES...
CHUT! TAIS-TOI...
BIEN... ENFIN... JE... JE VOUDRAIS QUE TU PORTES CECI DE TEMPS À AUTRES EN SOUVENIR DE NOUS...
PAS DE CRIS, PAS DE PLEURS... LA CLASSE!
ELLE EST BIEN, ELLE EST TRÈS BIEN!
CHÉRI! MAIS TU AS FAIT UNE FOLIE!
JE NE VOUDRAIS QU'UNE CHOSE, JEAN... QUE NOUS DEVENIONS DES AMIS...
ELLE EST FORMIDABLE!
AU FOND, UN BRILLANT N'ÉTAIT PEUT-ÊTRE PAS NÉCESSAIRE. J'AURAIS PU M'EN TIRER AVEC UNE BELLE TOURMALINE...
MAIS JE SUIS TON AMI, EVA. ET JE LE SERAI TOUJOURS
26

EH, BIEN, BUVONS A NOTRE RUPTURE ET A NOTRE AMITIÉ !
ÉCOUTE, TU SAIS CE QUE JE TE PROPOSE? ON VA FAIRE LA FÊTE POUR CÉLÉBRER ÇA...
APRÈS LE DÎNER ON VA DANSER A L'ÉLYSÉE, D'ACCORD?
VOUS AVEZ L'AIR BIEN GAIS, VOUS?! QU'EST-CE QUE VOUS FÊTEZ?
NOTRE RUPTURE, MON VIEUX...
LONGTEMPS QUE JE N'AI PAS PASSÉ UNE AUSSI BONNE SOIRÉE!
IL FAUDRA QU'ON SORTE COMME ÇA, DE TEMPS ÇA TEMPS, EN COPAINS, HEIN?
EN ROMPANT MAINTENANT ON ÉVITE TOUT LE MAUVAIS D'UNE LIAISON, C'EST-À-DIRE LA FIN, LES DÉCHIREMENTS, LES SCÈNES ETC...
C'EST VRAI...
ON AURA EU QUE LE BON! C'EST CHOUETTE, NON?!
COMPLÈTEMENT PÉTÉ, MOI!... M'AURA COÛTÉ CHER MAIS J'M'EN SUIS TRÈS BIEN TIRÉ... L'ART DE SAVOIR ROMPRE EN BEAUTÉ...
A QUOI TU PENSES?
HEIN? MOI? OH. A RIEN!
A QUOI PENSES-TU?
A RIEN!
J'ARRIVERAI JAMAIS A M'EN DÉBARRASSER! JAMAIS! ET EN PLUS ÇA M'A COÛTÉ UN BRILLANT DE 100.000 BALLES!
TU SAIS PAS, J'AI FAIT UN RÊVE ÉROTIQUE DERNIÈREMENT
ELLE M'A BIEN EU! RESTONS AMIS, ETC, ETC... J'AURAIS PAS DÛ BOIRE! MAIS QU'EST-CE QUE JE LUI AI FAIT, MOI?!
JE FAISAIS L'AMOUR AVEC TOI ET UN MINET
POURQUOI ELLE S'ACCROCHE COMME ÇA?!
TU N'IMAGINES PAS CE QUE VOUS M'AVEZ FAIT SUBIR, TOUS LES DEUX!
J'ÉTAIS EXCITÉE!!!
27

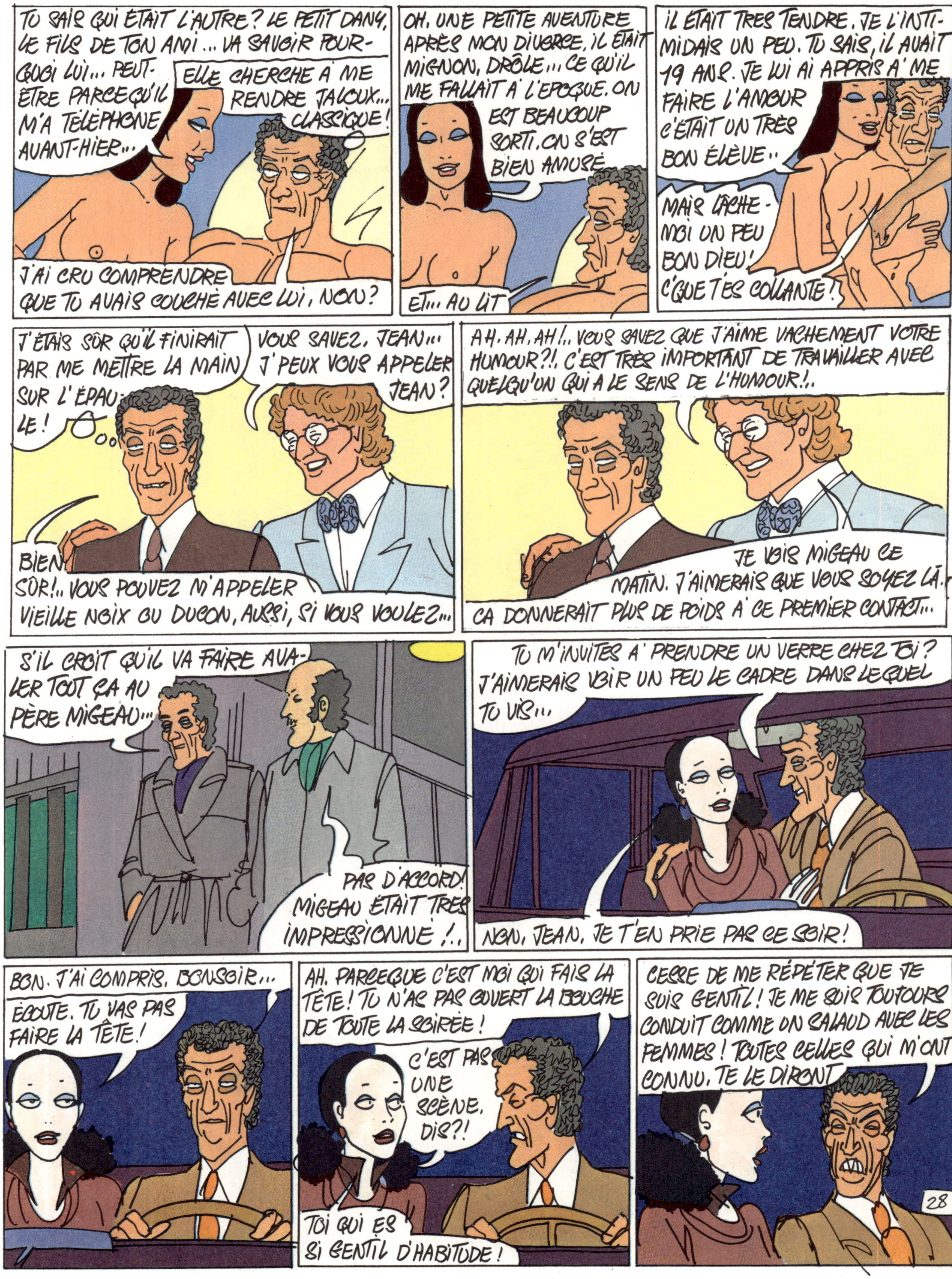

TU SAIS QUI ÉTAIT L'AUTRE? LE PETIT DANY, LE FILS DE TON AMI... VA SAVOIR POURQUOI LUI... PEUT-ÊTRE PARCEQU'IL M'A TÉLÉPHONÉ AVANT-HIER...
ELLE CHERCHE À ME RENDRE JALOUX... CLASSIQUE!
J'AI CRU COMPRENDRE QUE TU AVAIS COUCHÉ AVEC LUI, NON?
OH, UNE PETITE AVENTURE APRÈS MON DIVORCE. IL ÉTAIT MIGNON, DRÔLE... CE QU'IL ME FALLAIT À L'ÉPOQUE. ON EST BEAUCOUP SORTI. ON S'EST BIEN AMUSÉ
ET... AU LIT
IL ÉTAIT TRÈS TENDRE. JE L'INTIMIDAIS UN PEU. TU SAIS, IL AVAIT 19 ANS. JE LUI AI APPRIS À ME FAIRE L'AMOUR
C'ÉTAIT UN TRÈS BON ÉLÈVE...
MAIS LÂCHE-MOI UN PEU BON DIEU! C'QUE T'ES COLLANTE!
J'ÉTAIS SÛR QU'IL FINIRAIT PAR ME METTRE LA MAIN SUR L'ÉPAULE!
VOUS SAVEZ, JEAN... J'PEUX VOUS APPELER JEAN?
BIEN SÛR!.. VOUS POUVEZ M'APPELER VIEILLE NOIX OU DUCON, AUSSI, SI VOUS VOULEZ...
AH, AH, AH!.. VOUS SAVEZ QUE J'AIME VACHEMENT VOTRE HUMOUR?!. C'EST TRÈS IMPORTANT DE TRAVAILLER AVEC QUELQU'UN QUI A LE SENS DE L'HUMOUR!.
JE VOIS MIGEAU CE MATIN. J'AIMERAIS QUE VOUS SOYEZ LÀ. ÇA DONNERAIT PLUS DE POIDS À CE PREMIER CONTACT...
S'IL CROIT QU'IL VA FAIRE AVALER TOUT ÇA AU PÈRE MIGEAU...
PAS D'ACCORD! MIGEAU ÉTAIT TRÈS IMPRESSIONNÉ!..
TU M'INVITES À PRENDRE UN VERRE CHEZ TOI? J'AIMERAIS VOIR UN PEU LE CADRE DANS LEQUEL TU VIS...
NON, JEAN, JE T'EN PRIE PAS CE SOIR!
BON. J'AI COMPRIS. BONSOIR...
ÉCOUTE. TU VAS PAS FAIRE LA TÊTE!
AH, PARCEQUE C'EST MOI QUI FAIS LA TÊTE! TU N'AS PAS OUVERT LA BOUCHE DE TOUTE LA SOIRÉE!
C'EST PAS UNE SCÈNE, DIS?!
TOI QUI ES SI GENTIL D'HABITUDE!
CESSE DE ME RÉPÉTER QUE JE SUIS GENTIL! JE ME SUIS TOUJOURS CONDUIT COMME UN SALAUD AVEC LES FEMMES! TOUTES CELLES QUI M'ONT CONNU, TE LE DIRONT
28

GENTIL, MOI! ON AURA TOUT VU!!!
BONSOIR, JEAN. EXCUSE-MOI ...
TU PLEURES! QU'EST-CE QUE TU AS?
RIEN. RIEN. BONSOIR...
MAIS ENFIN, QU'Y-A-T-IL? EVA?! TU AS DES ENNUIS?
NON, C'EST RIEN, J'T'ASSURE!
ENFIN, VOYONS, SI TU AS DES PROBLÈMES, PARLE M'EN!.
ÇA N'EN VAUT PAS LA PEINE! JE... JE PLEURE MAIS C'EST LES NERFS...
SI TU AS LA MOINDRE AFFECTION POUR MOI, DIS-MOI CE QUI SE PASSE!.. C'EST À CAUSE D'UN GARÇON?
NON! QUE TU ES BÊTE!
JE SUIS TON AMI, EVA! SI TU AS DES PROBLÈMES JE VEUX LES PARTAGER!
OH, C'EST BANAL, J'AI DES PROBLÈMES DE FRIC, QUOI, C'EST TOUT...
J'AI PAS PAYÉ MON LOYER DEPUIS 3 MOIS MON PROPRIÉTAIRE VEUT M'EXPULSER..
AH, BON.
ET C'EST QUOI, TON LOYER?
1.500 F PAR MOIS
TU LUI DOIS DONC 4.500 F
OUI, C'EST ÇA, PLUS LES 4.500 F DE MALIKA...
COMPRENDS PAS...
L'APPARTEMENT EST À MON NOM MAIS J'LE PARTAGE AVEC UNE AMIE...
ON PAIE CHACUNE 1.500 F PAR MOIS, QUOI
AH, BON
PENDANT CES 3 DERNIERS MOIS ELLE M'A DONNÉ SA PART... J'L'AI DÉPENSÉE
ÇA VA PAS TON BOULOT?
C'EST PAS ÇA... J'AI FAIT UNE FOLIE... J'AI ACHETÉ UN MANTEAU DE FOURRURE, UNE OCCASION. 10.000 F! IL EN VAUT 30.000!
J'COMPTAIS ME RATTRAPER AVEC DES PHOTOS D'PUB. ÇA A FOIRÉ...
QU'EST-CE QUE TU FAIS?
UN CHÈQUE DE 9.000 F... CE N'EST PAS CE QUE TU VOULAIS?
HEIN! QUOI? TU AS CRU QUE J'T'AI RACONTÉ ÇA POUR QUE...
J'T'EN PRIE! J'NE SUIS PLUS UN GAMIN! JE SAIS CE QUE PARLER VEUT DIRE!
MAIS POUR QUI ME PRENDS-TU!
OH, ARRÊTE!
OÙ VAS-TU? EVA!!!
FICHE-MOI LA PAIX!
ET INUTILE DE ME RETÉLÉPHONER!
C'EST RIDICULE! ÉCOUTE!
SI JE VOULAIS FAIRE DES PASSES, J'AURAIS PAS D'PROBLÈMES DE FRIC. CROIS-MOI!!!
BON, BON! PARDONNE-MOI! J'AI ÉTÉ MALADROIT!
ME MANQUAIT PLUS QUE ÇA AUJOURD'HUI! ME FAIRE TRAITER DE PUTE!
29
C'EST GROTESQUE! ÇA N'EST PAS CE QUE J'AI VOULU DIRE!

J'AI QUAND MÊME LE DROIT DE T'AIDER SI TU AS DES ENNUIS, NON?!
DISONS QUE C'EST UN PRÊT. LÀ! TU ME RENDRAS ÇA QUAND TU POURRAS. D'ACCORD?
D'ACCORD...
ALORS, C'EST FINI, CE GROS CHAGRIN?! TU M'INVITES À PRENDRE UN VERRE?
NON, JEAN. JE T'EN PRIE. PAS CE SOIR...
ÇA ME GÊNERAIT. TU COMPRENDS? J'AURAIS L'IMPRESSION QUE CE SERAIT À CAUSE DE CET ARGENT
IL NE FAUT PAS NON PLUS QUE CE CHÈQUE DEVIENNE UN OBSTACLE ENTRE NOUS!
MERCI, JEAN. TU AS ÉTÉ TRÈS GENTIL!.. TU ME TÉLÉPHONES, HEIN? PROMIS!
QUEL CON!!!
EH, BEN, DIS-DONC!.. 9.000 BALLES! ET JE L'AI SAUTÉ 2 FOIS!.. 4.500 FRANCS LE COUP! C'EST PAS DONNÉ!!! ME PREND VRAIMENT POUR UN CON!!
QU'EST-CE QU'IL M'ARRIVE, MOI?!
LA DERNIÈRE FOIS QUE JE LA VOIS!
30
M'EN FOUS! JE VAIS M'ENDORMIR COMME UN BÉBÉ!
J'DORS PAS
IL Y AVAIT UN MEC QUI L'ATTENDAIT CHEZ ELLE
UN MINET
CLASSIQUE!
C'EST POUR ÇA QU'ELLE NE M'A PAS LAISSÉ MONTER
ÉVIDENT!

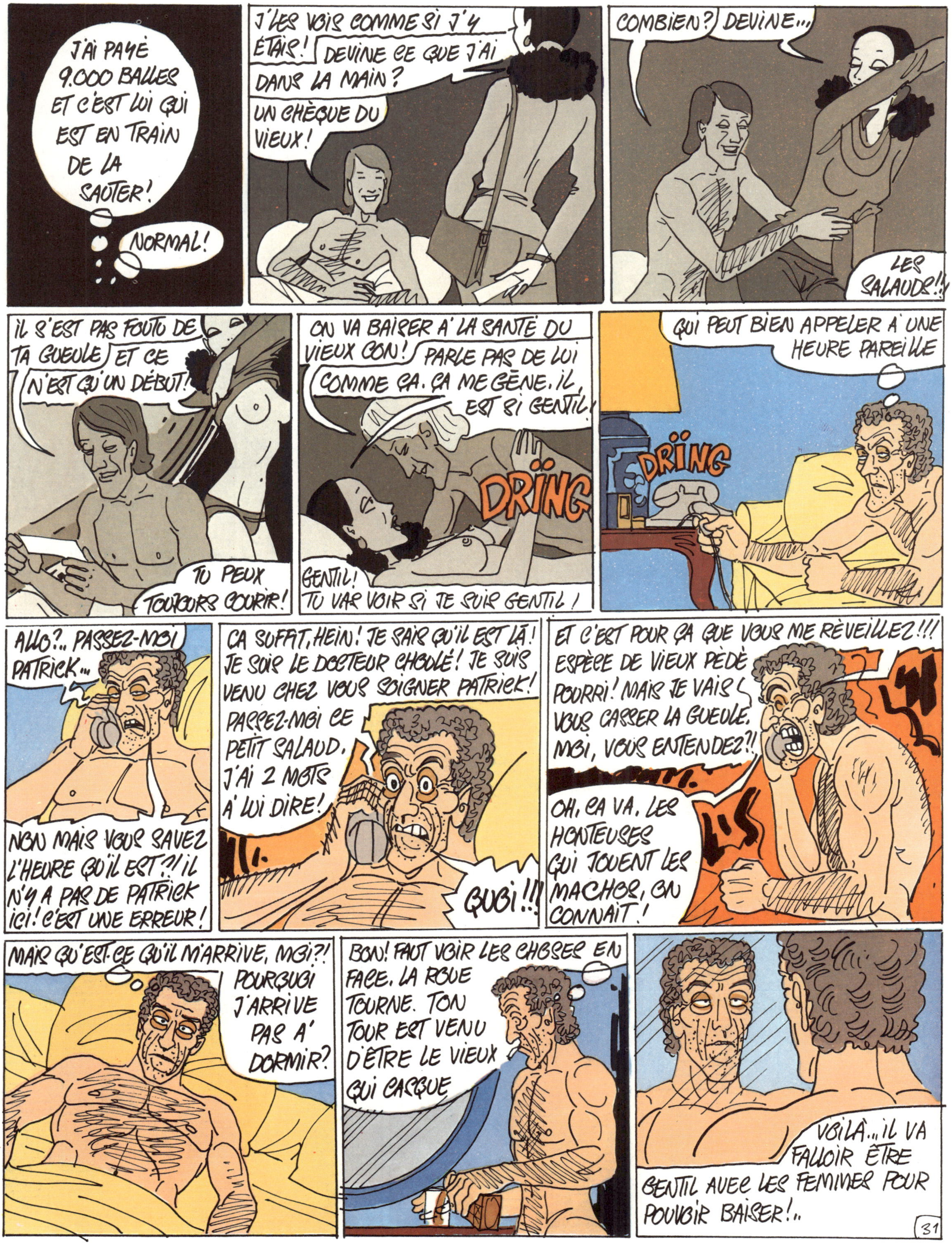
J'AI PAYÉ 9.000 BALLES ET C'EST LUI QUI EST EN TRAIN DE LA SAUTER!
NORMAL!
J'LES VOIS COMME SI J'Y ÉTAIS!
DEVINE CE QUE J'AI DANS LA MAIN?
UN CHÈQUE DU VIEUX!
COMBIEN?
DEVINE...
LES SALAUDS!!
IL S'EST PAS FOUTU DE TA GUEULE
ET CE N'EST QU'UN DÉBUT!
TU PEUX TOUJOURS COURIR!
ON VA BAISER À LA SANTÉ DU VIEUX CON!
PARLE PAS DE LUI COMME ÇA. ÇA ME GÊNE. IL EST SI GENTIL!
DRING
GENTIL! TU VAS VOIR SI JE SUIS GENTIL!
QUI PEUT BIEN APPELER À UNE HEURE PAREILLE
DRING
ALLO?.. PASSEZ-MOI PATRICK...
NON MAIS VOUS SAVEZ L'HEURE QU'IL EST?! IL N'Y A PAS DE PATRICK ICI! C'EST UNE ERREUR!
ÇA SUFFIT, HEIN! JE SAIS QU'IL EST LÀ! JE SUIS LE DOCTEUR CHOLÉ! JE SUIS VENU CHEZ VOUS SOIGNER PATRICK! PASSEZ-MOI CE PETIT SALAUD, J'AI 2 MOTS À LUI DIRE!
OUOI!!!
ET C'EST POUR ÇA QUE VOUS ME RÉVEILLEZ!!! ESPÈCE DE VIEUX PÉDÉ POURRI! MAIS JE VAIS VOUS CASSER LA GUEULE, MOI, VOUS ENTENDEZ?!
OH, ÇA VA. LES HONTEUSES QUI JOUENT LES MACHOS, ON CONNAIT!
MAIS QU'EST-CE QU'IL M'ARRIVE, MOI?!
POURQUOI J'ARRIVE PAS À DORMIR?
BON! FAUT VOIR LES CHOSES EN FACE. LA ROUE TOURNE. TON TOUR EST VENU D'ÊTRE LE VIEUX QUI CASQUE
VOILÀ... IL VA FALLOIR ÊTRE GENTIL AVEC LES FEMMES POUR POUVOIR BAISER!..
31

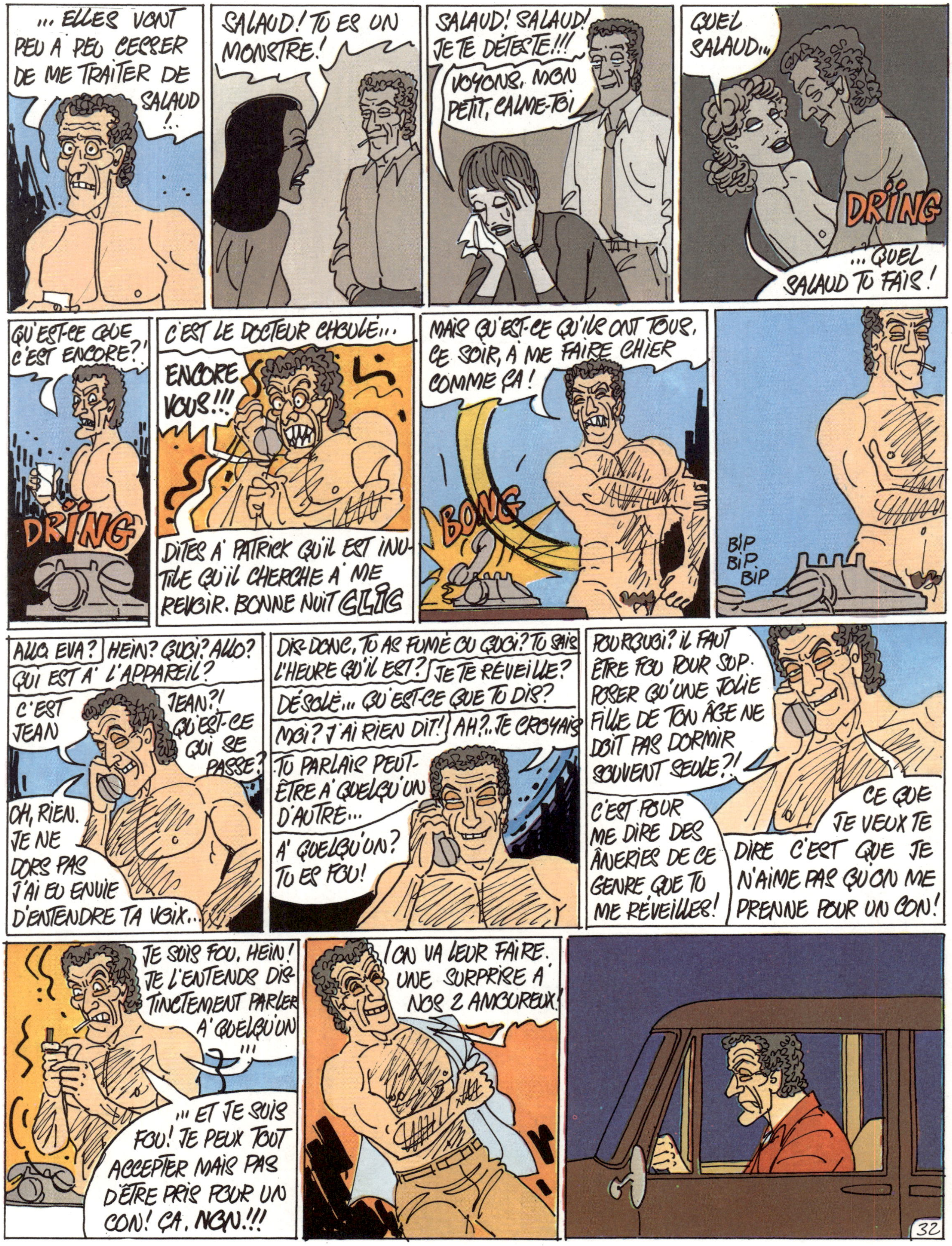

... ELLES VONT PEU À PEU CESSER DE ME TRAITER DE SALAUD !...
SALAUD! TU ES UN MONSTRE!
SALAUD! SALAUD! JE TE DÉTESTE!!!
VOYONS, MON PETIT, CALME-TOI
QUEL SALAUD...
DRING
... QUEL SALAUD TU FAIS!
QU'EST-CE QUE C'EST ENCORE?!
DRING
C'EST LE DOCTEUR CHOULÉ...
ENCORE VOUS!!!
DITES À PATRICK QU'IL EST INUTILE QU'IL CHERCHE À ME REVOIR. BONNE NUIT CLIC
MAIS QU'EST-CE QU'ILS ONT TOUS, CE SOIR, À ME FAIRE CHIER COMME ÇA!
BONG
BIP BIP BIP
ALLO, EVA?
HEIN? QUOI? ALLO? QUI EST À L'APPAREIL?
C'EST JEAN
JEAN?! QU'EST-CE QUI SE PASSE?
OH, RIEN. JE NE DORS PAS J'AI EU ENVIE D'ENTENDRE TA VOIX...
DIS DONC, TU AS FUMÉ OU QUOI? TU SAIS L'HEURE QU'IL EST?
JE TE RÉVEILLE?
DÉSOLÉ... QU'EST-CE QUE TU DIS?
MOI? J'AI RIEN DIT!
AH?.. JE CROYAIS
TU PARLAIS PEUT-ÊTRE À QUELQU'UN D'AUTRE...
À QUELQU'UN? TU ES FOU!
POURQUOI? IL FAUT ÊTRE FOU POUR SUPPOSER QU'UNE JOLIE FILLE DE TON ÂGE NE DOIT PAS DORMIR SOUVENT SEULE?!
C'EST POUR ME DIRE DES ÂNERIES DE CE GENRE QUE TU ME RÉVEILLES!
CE QUE JE VEUX TE DIRE C'EST QUE JE N'AIME PAS QU'ON ME PRENNE POUR UN CON!
JE SUIS FOU, HEIN! JE L'ENTENDS DISTINCTEMENT PARLER À QUELQU'UN !!!
... ET JE SUIS FOU! JE PEUX TOUT ACCEPTER MAIS PAS D'ÊTRE PRIS POUR UN CON! ÇA, NON!!!
ON VA LEUR FAIRE UNE SURPRISE À NOS 2 AMOUREUX!
32

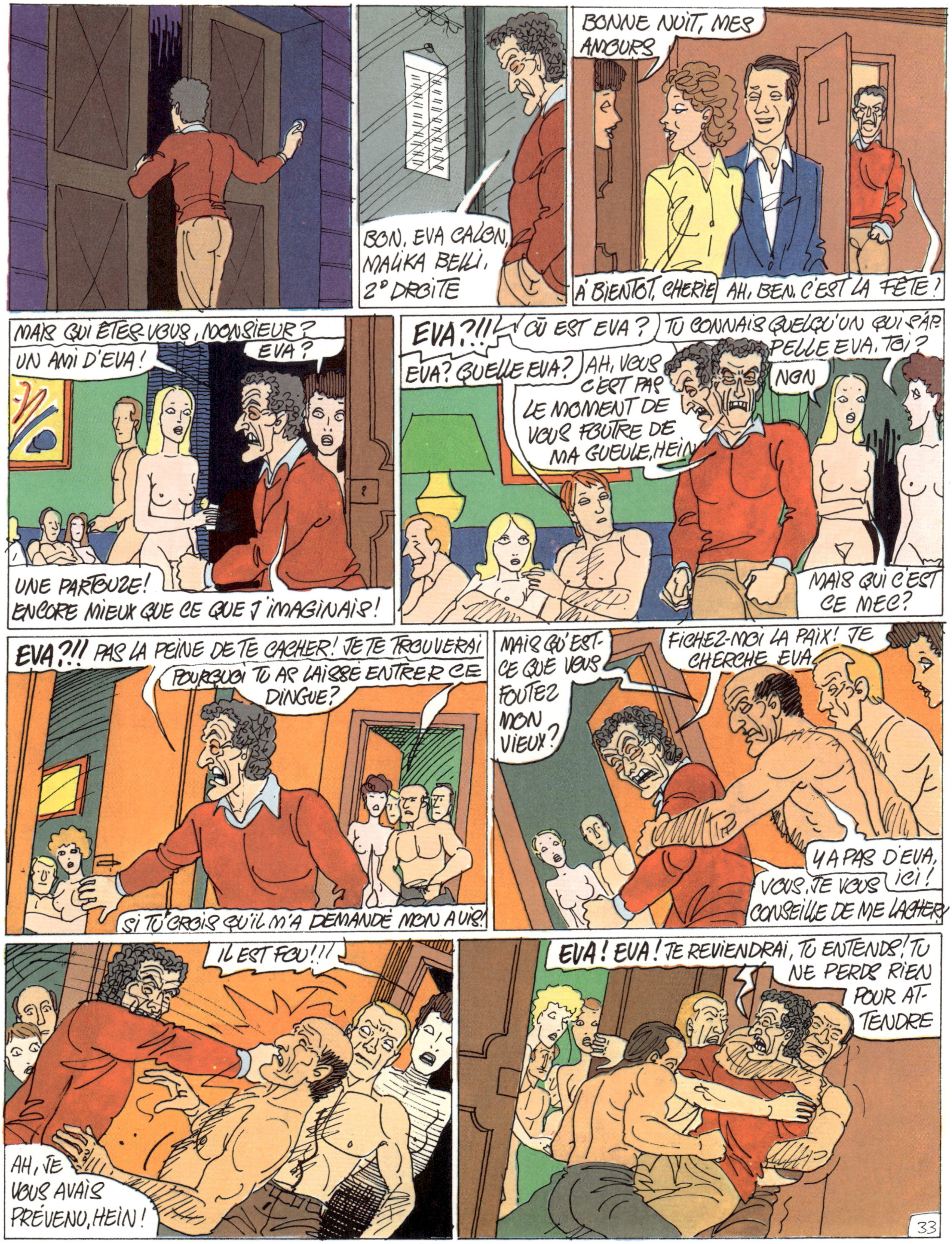
BON, EVA CALON, MALIKA BELLI, 2e DROITE
BONNE NUIT, MES AMOURS
À BIENTOT, CHERIE
AH, BEN, C'EST LA FÊTE!
MAIS QUI ÊTES-VOUS, MONSIEUR? UN AMI D'EVA!
EVA?
UNE PARTOUZE! ENCORE MIEUX QUE CE QUE J'IMAGINAIS!
EVA?!!
OÙ EST EVA?
TU CONNAIS QUELQU'UN QUI S'APPELLE EVA, TOI?
EVA? QUELLE EVA?
AH, VOUS C'EST PAS LE MOMENT DE VOUS FOUTRE DE MA GUEULE, HEIN
NON
MAIS QUI C'EST CE MEC?
EVA?!! PAS LA PEINE DE TE CACHER! JE TE TROUVERAI
POURQUOI TU AS LAISSE ENTRER CE DINGUE?
SI TU CROIS QU'IL M'A DEMANDE MON AVIS!
MAIS QU'EST-CE QUE VOUS FOUTEZ MON VIEUX?
FICHEZ-MOI LA PAIX! JE CHERCHE EVA.
Y A PAS D'EVA, ICI!
VOUS, JE VOUS CONSEILLE DE ME LACHER!
IL EST FOU!!!
AH, JE VOUS AVAIS PRÉVENU, HEIN!
EVA! EVA! JE REVIENDRAI, TU ENTENDS! TU NE PERDS RIEN POUR ATTENDRE
33

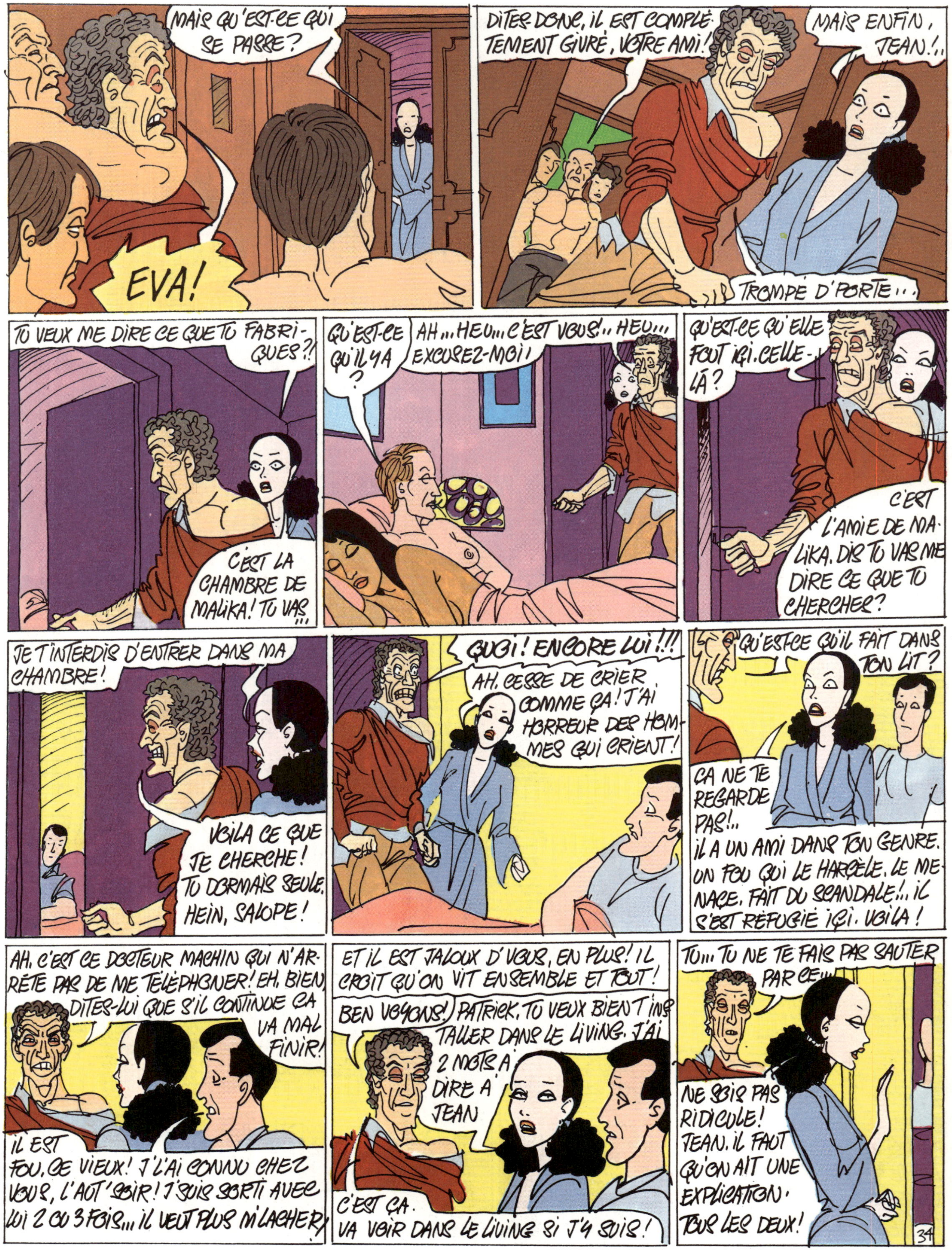
MAIS QU'EST-CE QUI SE PASSE?
EVA!
DITES DONC, IL EST COMPLÈTEMENT GIVRÉ, VOTRE AMI!
MAIS ENFIN, JEAN!..
TROMPÉ D'PORTE...
TU VEUX ME DIRE CE QUE TU FABRIQUES?!
C'EST LA CHAMBRE DE MALIKA! TU VAS...
QU'EST-CE QU'IL Y A?
AH... HEU... C'EST VOUS!.. HEU... EXCUSEZ-MOI!
QU'EST-CE QU'ELLE FOUT ICI, CELLE-LÀ?
C'EST L'AMIE DE MALIKA. DIS TU VAS ME DIRE CE QUE TU CHERCHES?
JE T'INTERDIS D'ENTRER DANS MA CHAMBRE!
VOILA CE QUE JE CHERCHE! TU DORMAIS SEULE. HEIN, SALOPE!
QUOI! ENCORE LUI!!!
AH, CESSE DE CRIER COMME ÇA! J'AI HORREUR DES HOMMES QUI CRIENT!
QU'EST-CE QU'IL FAIT DANS TON LIT?
ÇA NE TE REGARDE PAS!..
IL A UN AMI DANS TON GENRE. UN FOU QUI LE HARCÈLE, LE MENACE, FAIT DU SCANDALE!.. IL S'EST RÉFUGIÉ ICI. VOILA!
AH, C'EST CE DOCTEUR MACHIN QUI N'ARRÊTE PAS DE ME TÉLÉPHONER! EH, BIEN, DITES-LUI QUE S'IL CONTINUE ÇA VA MAL FINIR!
IL EST FOU, CE VIEUX! J'L'AI CONNU CHEZ VOUS, L'AUT' SOIR! J'SUIS SORTI AVEC LUI 2 OU 3 FOIS... IL VEUT PLUS M'LACHER!
ET IL EST JALOUX D'VOUS, EN PLUS! IL CROIT QU'ON VIT ENSEMBLE ET TOUT!
BEN VOYONS!
PATRICK, TU VEUX BIEN T'INSTALLER DANS LE LIVING. J'AI 2 MOTS A DIRE A JEAN
C'EST ÇA. VA VOIR DANS LE LIVING SI J'Y SUIS!
TU... TU NE TE FAIS PAS SAUTER PAR CE...
NE SOIS PAS RIDICULE! JEAN, IL FAUT QU'ON AIT UNE EXPLICATION. TOUS LES DEUX!
34

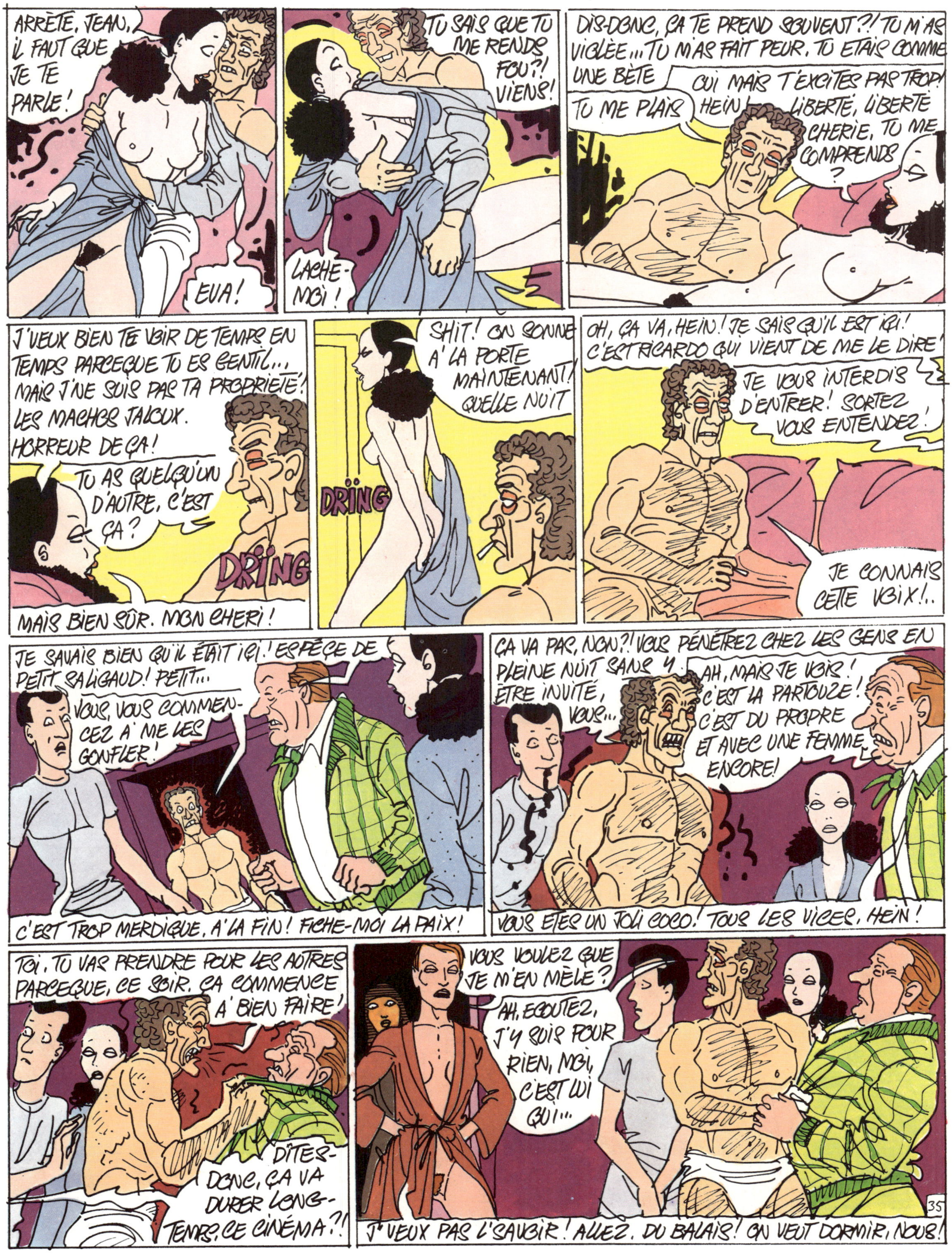
ARRÊTE, JEAN, IL FAUT QUE JE TE PARLE!
EVA!
TU SAIS QUE TU ME RENDS FOU?! VIENS!
LACHE-MOI!
DIS-DONC, ÇA TE PREND SOUVENT?! TU M'AS VIOLÉE... TU M'AS FAIT PEUR. TU ÉTAIS COMME UNE BÊTE
TU ME PLAIS
OUI MAIS T'EXCITES PAS TROP! HEIN!
LIBERTÉ, LIBERTÉ CHÉRIE, TU ME COMPRENDS?
J'VEUX BIEN TE VOIR DE TEMPS EN TEMPS PARCEQUE TU ES GENTIL... MAIS J'NE SUIS PAS TA PROPRIÉTÉ! LES MACHOS JALOUX. HORREUR DE ÇA!
TU AS QUELQU'UN D'AUTRE, C'EST ÇA?
DRING
MAIS BIEN SÛR, MON CHÉRI!
SHIT! ON SONNE À LA PORTE MAINTENANT! QUELLE NUIT
DRING
OH, ÇA VA, HEIN! JE SAIS QU'IL EST ICI! C'EST RICARDO QUI VIENT DE ME LE DIRE!
JE VOUS INTERDIS D'ENTRER! SORTEZ VOUS ENTENDEZ!
JE CONNAIS CETTE VOIX!..
JE SAVAIS BIEN QU'IL ÉTAIT ICI! ESPÈCE DE PETIT SALIGAUD! PETIT...
VOUS, VOUS COMMENCEZ À ME LES GONFLER!
C'EST TROP MERDIQUE, À LA FIN! FICHE-MOI LA PAIX!
ÇA VA PAS, NON?! VOUS PÉNÉTREZ CHEZ LES GENS EN PLEINE NUIT SANS Y ÊTRE INVITÉ, VOUS...
AH, MAIS JE VOIS! C'EST LA PARTOUZE! C'EST DU PROPRE ET AVEC UNE FEMME, ENCORE!
VOUS ÊTES UN JOLI COCO! TOUS LES VICES, HEIN!
TOI, TU VAS PRENDRE POUR LES AUTRES PARCEQUE, CE SOIR, ÇA COMMENCE À BIEN FAIRE!
DITES-DONC, ÇA VA DURER LONGTEMPS, CE CINÉMA?!
VOUS VOULEZ QUE JE M'EN MÊLE?
AH, ÉCOUTEZ, J'Y SUIS POUR RIEN, MOI, C'EST LUI QUI...
35
J'VEUX PAS L'SAVOIR! ALLEZ, DU BALAIS! ON VEUT DORMIR, NOUS!

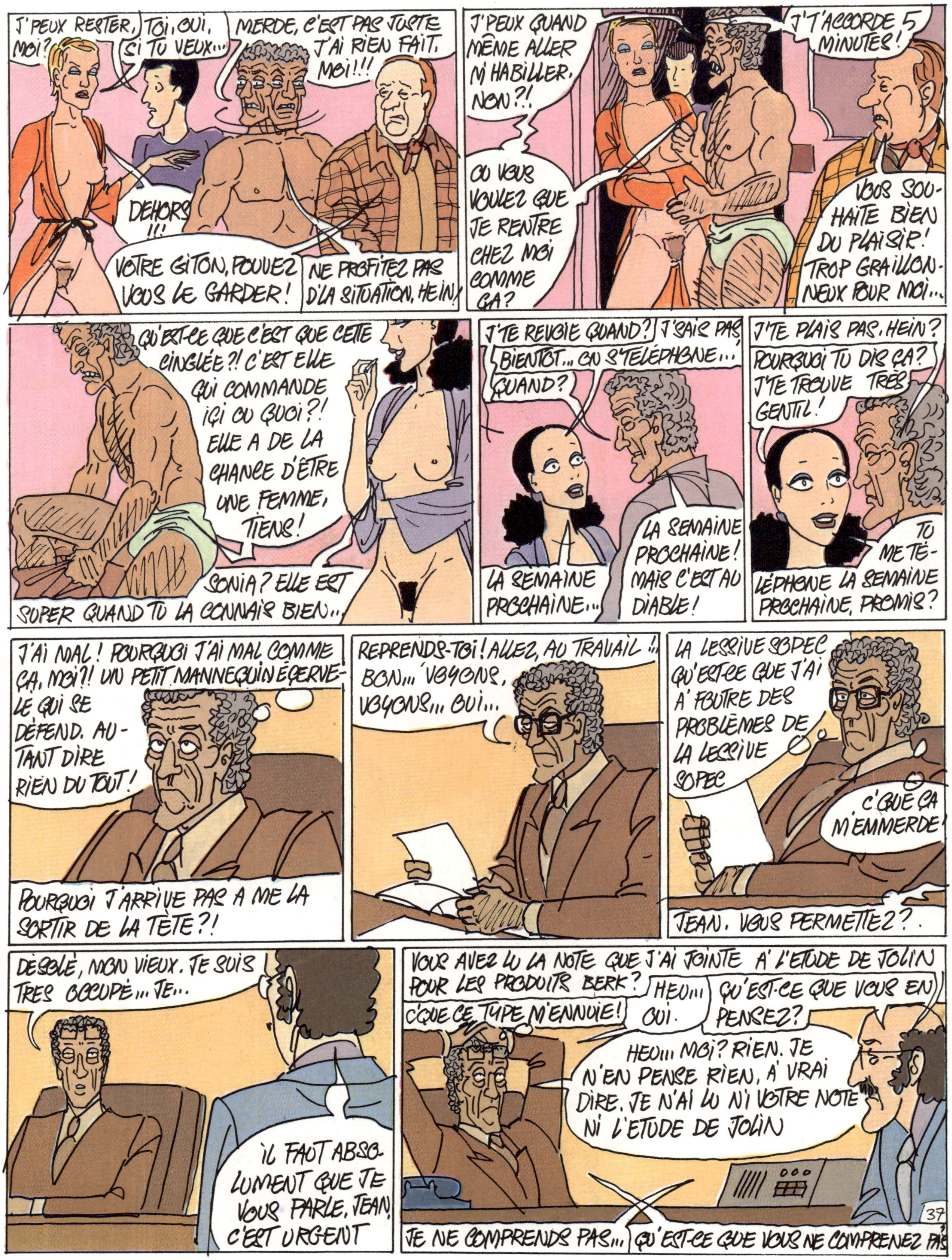

J'PEUX RESTER, MOI?
TOI, OUI, SI TU VEUX...
MERDE, C'EST PAS JUSTE J'AI RIEN FAIT, MOI!!!
DEHORS!!!
VOTRE GITON, POUVEZ VOUS LE GARDER!
NE PROFITEZ PAS D'LA SITUATION, HEIN!
J'PEUX QUAND MÊME ALLER M'HABILLER, NON?!
OU VOUS VOULEZ QUE JE RENTRE CHEZ MOI COMME ÇA?
J'T'ACCORDE 5 MINUTES!
VOUS SOUHAITE BIEN DU PLAISIR! TROP GRAILLONNEUX POUR MOI...
QU'EST-CE QUE C'EST QUE CETTE CINGLÉE?! C'EST ELLE QUI COMMANDE ICI OU QUOI?! ELLE A DE LA CHANCE D'ÊTRE UNE FEMME, TIENS!
SONIA? ELLE EST SUPER QUAND TU LA CONNAIS BIEN...
J'TE REVOIS QUAND?
J'SAIS PAS BIENTÔT... ON S'TÉLÉPHONE...
QUAND?
LA SEMAINE PROCHAINE...
LA SEMAINE PROCHAINE! MAIS C'EST AU DIABLE!
J'TE PLAIS PAS, HEIN?
POURQUOI TU DIS ÇA? J'TE TROUVE TRÈS GENTIL!
TU ME TÉLÉPHONE LA SEMAINE PROCHAINE, PROMIS?
J'AI MAL! POURQUOI J'AI MAL COMME ÇA, MOI?! UN PETIT MANNEQUIN ÉCERVELÉ QUI SE DÉFEND. AUTANT DIRE RIEN DU TOUT!
POURQUOI J'ARRIVE PAS A ME LA SORTIR DE LA TÊTE?!
REPRENDS-TOI! ALLEZ, AU TRAVAIL!! BON... VOYONS, VOYONS... OUI...
LA LESSIVE SOPEC QU'EST-CE QUE J'AI À FOUTRE DES PROBLÈMES DE LA LESSIVE SOPEC
C'QUE ÇA M'EMMERDE!
JEAN, VOUS PERMETTEZ?
DÉSOLÉ, MON VIEUX. JE SUIS TRÈS OCCUPÉ... JE...
IL FAUT ABSOLUMENT QUE JE VOUS PARLE, JEAN! C'EST URGENT
VOUS AVEZ LU LA NOTE QUE J'AI JOINTE À L'ÉTUDE DE JOLIN POUR LES PRODUITS BERK?
C'QUE CE TYPE M'ENNUIE!
HEU... OUI.
QU'EST-CE QUE VOUS EN PENSEZ?
HEU... MOI? RIEN. JE N'EN PENSE RIEN, À VRAI DIRE. JE N'AI LU NI VOTRE NOTE NI L'ÉTUDE DE JOLIN
JE NE COMPRENDS PAS...
QU'EST-CE QUE VOUS NE COMPRENEZ PAS
37

...CE QUE VOUS VENEZ DE ME DIRE
ÉCOUTEZ, POURQUOI NE RÉGLEZ-VOUS PAS ÇA VOUS MÊME. VOUS...
POURQUOI EST-CE QU'ELLE M'OBSÈDE COMME ÇA ?!
NON, JEAN, C'EST VOUS QUI DEVEZ PRENDRE LA DÉCISION. JOLIN EST CONVAINCU QUE MON OPPOSITION EST D'ORDRE PERSONNEL !
JE N'ARRIVE PAS À LA FAIRE JOUIR, C'EST ÇA L'PROBLÈME. POURTANT. BON DIEU, JE METS LE PAQUET !
AH. BON
ALORS QUE C'EST SA STRATÉGIE QUE JE CONTESTE ! NOUS ALLONS VERS UNE NOUVELLE CATASTROPHE ET, CETTE FOIS, ON PERD LE BUDGET
AÏE ! C'EST ENNUYEUX
JEAN, C'EST PLUS QU'ENNUYEUX ! NOUS AVONS DÉJÀ PERDUS 2 BUDGETS IMPORTANTS, CETTE ANNÉE ! NOUS NE POUVONS PAS NOUS PERMETTRE DE PERDRE CELUI-LÀ !
VRAIMENT ?
J'AI TOUT ESSAYÉ !.. LA DERNIÈRE FOIS ÇA A DURÉ SI LONGTEMPS QUE J'EN AI EU LES MACHOIRES ENDOLORIES PENDANT 2 JOURS !
JEAN, QU'EST-CE QU'IL Y A ?
HEIN. QUOI ?
ÉCOUTEZ, NOUS TRAVAILLONS ENSEMBLE DEPUIS SI LONGTEMPS... JE ME CONSIDÈRE COMME VOTRE AMI... QUELQUE CHOSE NE VA PAS ?
HEIN ? POURQUOI ? MAIS NON. VOYONS !
BON. BON, JE N'INSISTE PAS
D'ACCORD, JE PARLERAI À JOLIN...
À MON AVIS CE QU'IL FAUDRAIT C'EST QUELQU'UN DE NEUF SUR CE PRODUIT... LE PETIT LOMBAIRE PAR EXEMPLE
AH. BON. POURQUOI PAS SI VOUS L'EN CROYEZ CAPABLE...
ABSOLUMENT ! IL A FAIT UN TRAVAIL MAGNIFIQUE SUR LES PANTIFLES...
AH, C'EST VOUS
EVA EST LÀ ?
HEU... OUI. ENTREZ
JEAN ! COMMENT VAS-TU ?! ON S'PRÉPARE POUR UNE FÊTE COSTUMÉE À LA "MAIN BLEUE"
HOU ! MON DIEU ! UN HOMME !!!
JE PASSAIS DANS L'COIN. ALORS J'ME SUIS DIT TIENS J'VAIS VOIR SI EVA EST LÀ...
JEUNE HOMME. VOUS VOULEZ BIEN M'BOUTONNER MON FUSEAU
COMMENT TU ME TROUVES EN OFFICIER ALLEMAND ?
TRÈS SEXY, MON CHOU !
QUEL DOMMAGE QUE TU NE M'AIES PAS DIT QUE TU ÉTAIS LIBRE CE SOIR ! CETTE FÊTE VA ÊTRE GÉNIALE !
IL AURAIT FALLU QUE J'ARRIVE À TE JOINDRE !
38

TU VEUX PAS TE FAIRE UNE PETITE LIGNE AVANT D'PARTIR?
NON, MERCI, CHÉRI, MALIKA M'A FAIT UN JOINT, TOUT À L'HEURE. J'SUIS TRÈS BIEN...
ALLEZ, ON Y VA! ON VA ÊTRE EN RETARD!
EVA, JE TE VOIS QUAND ?
J'SAIS PAS ON S'APPELLE !!!
EVA, ÇA SUFFIT! CETTE COMÉDIE! TU T'ES ASSEZ FOUTUE DE MA GUEULE DEPUIS 3 MOIS, JE VAIS ME FÂCHER!
EVA, TU VIENS?!
HOU, LA, LA, C'QU'IL EST CHIANT, CE VIEUX!
QUELLE COMÉDIE? QU'EST-CE QUE TU RACONTES ?
JE T'AI DIT 100 FOIS QUE JE PEUX TOUT ACCEPTER SAUF D'ÊTRE PRIS POUR UN CON!.. JE SUIS UN VIEUX SINGE! TOUTES TES GRIMACES, TOUS TES TRUCS, JE LES CONNAIS PAR COEUR! TU CHERCHES À ME RENDRE FOU, HEIN?!
ARRÊTE DE ME SECOUER COMME ÇA!
ÇA NE PREND PAS AVEC MOI! TU ENTENDS! TU ME PRENDS POUR QUI? UN INDUSTRIEL DE PROVINCE, PÈRE DE FAMILLE ET CATHOLIQUE?!
MAIS CALME-TOI!
MAIS JE SUIS CALME, TRÈS CALME! JE VOUDRAIS TE POSER UNE QUESTION, HISTOIRE DE RIRE UN PEU...
QU'EST-CE QUE JE SUIS AU JUSTE POUR TOI, HEIN?
TOI? TU... TU ES UN COPAIN, POURQUOI?
UN COPAIN...
JE SUIS UN COPAIN, HEIN?
UN COPAIN?!! ILS TE BAISENT, TES COPAINS?! TU LEUR FAIT DES PIPES À TES COPAINS?! HEIN, HEIN?!
EH, OH, C'EST FINI?
TU ES FOU!!!
OH, VOUS, HEIN, VOUS NE ME FAITES PAS PEUR!!!
QUEL GRAILLON, CES HÉTÉROS! ILS SONT VRAIMENT PAS POSSIBLES!
CHAIS PAS C'QU'IL A!..
ILS ONT PAS UNE VIE SEXUELLE NORMALE, ÇA LES PERTUBE...
39

TIENS... EVA T'A POSÉ UN LAPIN?
OH, ARRÊTE.. ENVIE DE TE VOIR, QUOI, C'EST TOUT
À 3 HEURES DU MATIN?!
TOI, TU AS ENCORE BU, HEIN? TU VEUX DU CAFÉ?
OUAIS
BON. JE VAIS LE PRÉPARER ET APRÈS TU ME RACONTERAS CE QU'ELLE T'A FAIT ENCORE...
ARRÊTE J'TE DIS!
VÉRA, JE N'ARRIVE PLUS À DORMIR... MOI QUI AI TOUJOURS DORMI COMME...
...UN BÉBÉ JE SAIS MAIS C'EST ÉPOUVANTABLE!
CETTE FILLE EST EN TRAIN DE ME DÉTRUIRE!.. CHAIS PAS CE QUI M'ARRIVE...
TU L'AIMES PEUT-ÊTRE, QUI SAIT...
RIEN À VOIR! C'EST... C'EST COMME UNE NÉVROSE!
...COMME AU POCKER QUAND T'AS LA TÊTE DANS L'SAC... TU PERDS. TU SAIS QUE TU DEVRAIS ARRÊTER MAIS TU PEUX PAS... ELLE ME REGARDE. C'EST COMME SI ELLE NE ME VOYAIT PAS. ELLE ME PARLE MAIS C'EST EXACTEMENT COMME SI J'EXISTAIS PAS...
TU VOIS C'QUE J'VEUX DIRE?
TRÈS BIEN.
EN 3 MOIS J'LUI AI FILÉ PLUS DE 6 BATONS... TU CROIS QU'ELLE ADMET QUE JE LUI DONNE DE L'ARGENT? JAMAIS!!!
ÇA SERAIT ADMETTRE QUE J'AI DES DROITS SUR ELLE! NON! CE SONT DES PRÊTS! POUR SON LOYER... 20.000 F. POUR SON FRÈRE QU'A PERDU AU JEU ET MENACE DE S'SUICIDER... 15.000 BALLES POUR UNE ROBE PRÊTÉE PAR AZORA, SOIT-DISANT, ET QU'ELLE A ESQUINTÉE ETC...
SI J'LUI DIS: TU ME PRENDS POUR UN CON?!
ELLE OUVRE DE GRANDS YEUX. "POURQUOI?" ELLE ME DEMANDE...
S'DONNE MÊME PAS LA PEINE D'FAIRE SEMBLANT D'PRENDRE SON PIED QUAND J'LA SAUTE!
QUEL CULOT!
OUAIS! ET J'SUIS SÛR QU'ELLE A QUELQU'UN! UN P'TIT SALAUD QUI ROULE DANS UNE ALFA QU'J'AI PAYÉE
DIS-MOI, JEAN, UNE QUESTION IDIOTE: QU'EST-CE QUE JE SUIS POUR TOI, À PART UNE CONFIDENTE...
ET UNE POIRE POUR LA SOIF QUAND EVA NE VEUT PAS DE TOI?
HEIN? QUI? TOI?
TU SAIS BIEN... TU ES UNE AMIE, UNE COMPLICE... TU VEUX PAS QU'JE FASSE DONNER LES VIOLONS, DIS? ON EN EST PLUS LÀ...
VERA!
40

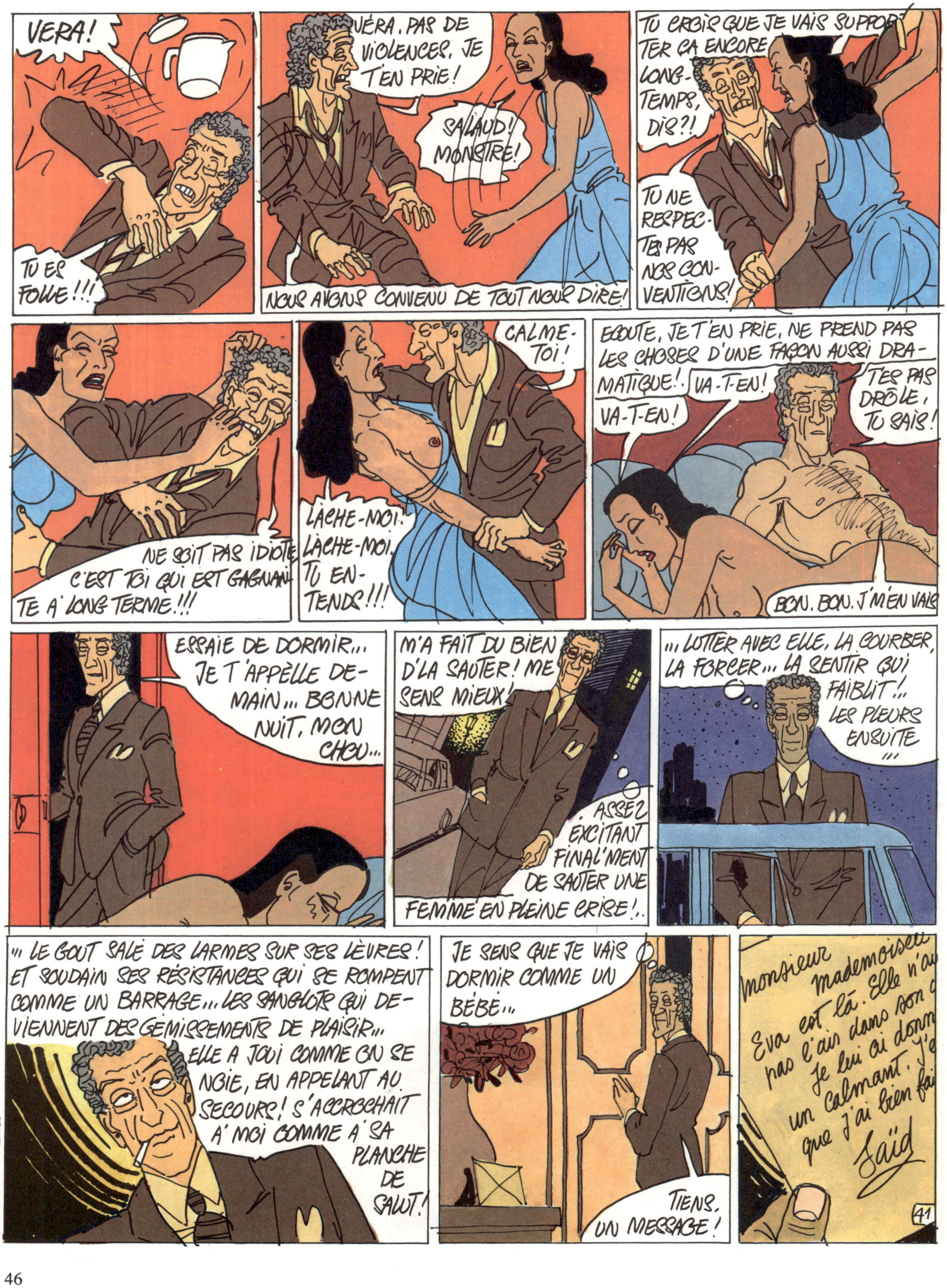
VERA!
TU ES FOLLE!!!
VÉRA. PAS DE VIOLENCES. JE T'EN PRIE!
SALAUD! MONSTRE!
NOUS AVONS CONVENU DE TOUT NOUS DIRE!
TU CROIS QUE JE VAIS SUPPORTER ÇA ENCORE LONGTEMPS, DIS?!
TU NE RESPECTES PAS NOS CONVENTIONS!
NE SOIT PAS IDIOTE C'EST TOI QUI EST GAGNANTE À LONG TERME!!!
CALME-TOI!
LÂCHE-MOI. LÂCHE-MOI. TU ENTENDS!!!
ÉCOUTE, JE T'EN PRIE, NE PREND PAS LES CHOSES D'UNE FAÇON AUSSI DRAMATIQUE!
VA-T-EN!
VA-T-EN!
T'ES PAS DRÔLE, TU SAIS!
BON. BON. J'M'EN VAIS
ESSAIE DE DORMIR... JE T'APPELLE DEMAIN... BONNE NUIT, MON CHOU...
M'A FAIT DU BIEN D'LA SAUTER! ME SENS MIEUX!
ASSEZ EXCITANT FINAL'MENT DE SAUTER UNE FEMME EN PLEINE CRISE!..
... LUTTER AVEC ELLE, LA COURBER, LA FORCER... LA SENTIR QUI FAIBLIT!.. LES PLEURS ENSUITE ...
... LE GOÛT SALÉ DES LARMES SUR SES LÈVRES! ET SOUDAIN SES RÉSISTANCES QUI SE ROMPENT COMME UN BARRAGE... LES SANGLOTS QUI DEVIENNENT DES GÉMISSEMENTS DE PLAISIR...
ELLE A JOUI COMME ON SE NOIE, EN APPELANT AU SECOURS! S'ACCROCHAIT À MOI COMME À SA PLANCHE DE SALUT!
JE SENS QUE JE VAIS DORMIR COMME UN BÉBÉ...
TIENS, UN MESSAGE!
monsieur mademoisell
Eva est là. Elle n'au
pas l'air dans son c
Je lui ai donn
un calmant. J'e
que j'ai bien fai
Jaïd
41

EVA!
EVA! QU'EST-CE QUI SE PASSE? TU PLEURES! MON PETIT!
MA PETITE FILLE! QU'EST-CE QU'IL Y A?! DIS-MOI!
J'EN PEUX PLUS! J'EN PEUX PLUS!
C'EST A' CAUSE D'UN GARÇON, C'EST ÇA? TU PEUX TOUT ME DIRE, TU SAIS...
JE VEUX MOURIR! JE VEUX MOURIR
NE DIS PAS DE BÊTISES, ALLONS!
C'EST SI TERRIBLE QUE ÇA?!
SI TU SAVAIS... CE... QU'IL ME FAIT SUBIR!.. JE FAIS TOUT, TOUT CE QUE JE PEUX MAIS C'EST PAS ENCORE ASSEZ! IL... IL ME DÉTRUIT! J'EN AI ASSEZ!
TU... L'AIMES?
J'SAIS PAS... C'EST COMME UNE MALADIE
L'ARGENT QUE JE TE DONNE... C'EST POUR LUI, HEIN?
OUI...
J'AI ESSAYÉ DE ROMPRE... PLUSIEURS FOIS MAIS J'Y ARRIVE PAS...
TU VEUX VRAIMENT LE QUITTER?
OH, OUI!
SI TU ES RÉELLEMENT DÉCIDÉE, JE T'AIDERAI!
TU SAIS, JE...
TU VAS CESSER DE LE VOIR
MAIS IL N'ACCEPTE PAS, IL...
TU VAS VENIR T'INSTALLER IÇI... POUR QUELQUES TEMPS...
JE NE LAISSERAI PAS CE SALAUD TE DÉTRUIRE! JE VAIS M'OCCUPER DE TOI!
TU ES GENTIL!
TU VAS FAIRE CE QUE JE TE DIRAI!.. BON, DÉSHABILLE-TOI... AU DODO MAINTENANT!
J'AI PAS ENVIE DE FAIRE L'AMOUR, CE SOIR...
MAIS POUR QUI ME PRENDS-TU! DANS L'ETAT DANS LEQUEL TU ES!
TIENS, METS CE PYJAMA... JE VAIS TE DONNER UN SOMNIFÈRE...
42

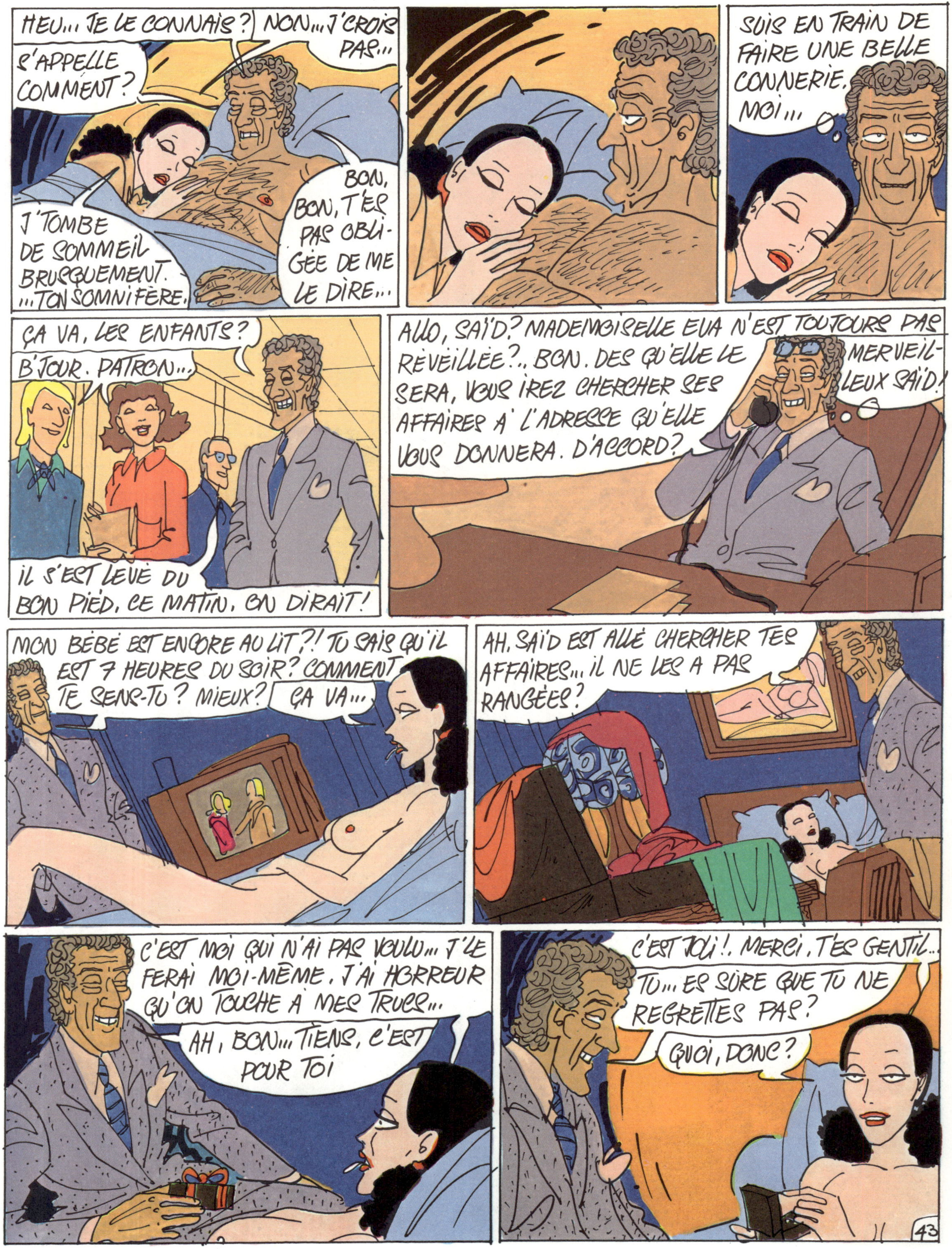

HEU... JE LE CONNAIS?
NON... J'CROIS PAS...
S'APPELLE COMMENT?
J'TOMBE DE SOMMEIL BRUSQUEMENT. ...TON SOMNIFÈRE.
BON, BON, T'ES PAS OBLIGÉE DE ME LE DIRE...
SUIS EN TRAIN DE FAIRE UNE BELLE CONNERIE, MOI...
ÇA VA, LES ENFANTS?
B'JOUR. PATRON...
IL S'EST LEVÉ DU BON PIED, CE MATIN, ON DIRAIT!
ALLO, SAÏD? MADEMOISELLE EVA N'EST TOUJOURS PAS RÉVEILLÉE?.. BON. DÈS QU'ELLE LE SERA, VOUS IREZ CHERCHER SES AFFAIRES À L'ADRESSE QU'ELLE VOUS DONNERA. D'ACCORD?
MERVEILLEUX SAÏD!
MON BÉBÉ EST ENCORE AU LIT?! TU SAIS QU'IL EST 7 HEURES DU SOIR? COMMENT TE SENS-TU? MIEUX?
ÇA VA...
AH, SAÏD EST ALLÉ CHERCHER TES AFFAIRES... IL NE LES A PAS RANGÉES?
C'EST MOI QUI N'AI PAS VOULU... J'LE FERAI MOI-MÊME. J'AI HORREUR QU'ON TOUCHE À MES TRUCS...
AH, BON... TIENS, C'EST POUR TOI
C'EST JOLI!. MERCI, T'ES GENTIL...
TU... ES SÛRE QUE TU NE REGRETTES PAS?
QUOI, DONC?
43

... EH, BIEN, DE T'ÊTRE INSTALLÉE ICI...
NON, NON ...
C'EST VRAIMENT GENTIL, DE TA PART DE VOULOIR M'AIDER, TU SAIS...
OH, ÉCOUTE, C'EST NORMAL, NON?
BON, ON VA DÎNER AU RESTAURANT... J'AI RETENU UNE TABLE CHEZ "GUY"...
TRÈS BIEN
MAIS MAINTENANT, MON BÉBÉ, FAUDRAIT QUE TU BOUGES UN PEU, HEIN ALLEZ, DEBOUT, VA PRENDRE TON BAIN
DIS-MOI, MON BÉBÉ, TU SAIS QUE ÇA FAIT EXACTEMENT 45 MINUTES QUE TU ES DANS TON BAIN?!
SI TU TARDES ENCORE, ON N'AURA PLUS DE TABLE...
LA FÊTE, LA NUIT, ÇA VA UN MOMENT. ON EST TOUS PASSÉS PAR LÀ, HEIN, MAIS IL FAUT SAVOIR S'ARRÊTER, CROIS-MOI!
CE QU'IL TE FAUDRAIT C'EST UN BUT, QUELQUE CHOSE QUI TE PASSIONNE!... TU M'AS DIT QUE TU AVAIS FAIT DU THÉÂTRE ET DU CINÉMA. POURQUOI N'ESSAIES-TU PAS...
J'LUI FAIS LA MORALE, MOI, MAINTENANT! NON MAIS ÇA VA PAS!
... DE T'Y REMETTRE SÉRIEUSEMENT? JE POURRAIS T'AIDER...
... JE CONNAIS BEAUCOUP DE MONDE DANS LE SPECTACLE...
OUI, POURQUOI PAS?
BON, ASSEZ DE MORALE, ON VA PRENDRE UN VERRE CHEZ CASTEL. D'ACCORD?
44

SI TU AVAIS CONNU CETTE BANDE, IL Y A QUELQUES ANNÉES!.. ROBERT ÉTAIT D'UN DRÔLE!.. TIENS, SI ON ALLAIT À MARRAKECH, LE PROCHAIN WEEK-END? ÇA TE FERAIT DU BIEN...
POURQUOI PAS, OUI, C'EST GENTIL...
ÇA T'ENNUIRAIT PAS, MON BÉBÉ, DE CESSER DE ME RÉPÉTER TOUT LE TEMPS QUE JE SUIS GENTIL?
OH, OUI, EXCUSE-MOI, JE SAIS QUE ÇA T'AGACE...
BON, EH, BIEN, ON VA DORMIR, HEIN?
TU PEUX ME FAIRE L'AMOUR, SI TU EN AS ENVIE, ÇA NE ME GÊNE PAS, TU SAIS...
AH, ÉVIDEMMENT, SI ÇA NE TE GÊNES PAS, ALORS...
BONNE NUIT
QU'EST-CE QU'IL Y A? T'ES FÂCHÉ?
OUI, MOI? MAIS POURQUOI, VOYONS?!
CLIC
TU NE DORS PAS?
J'ARRIVE PAS!
JE T'AI PROPOSÉ DE FAIRE L'AMOUR... ÇA TE CALMERAIT
TU M'AS PROPOSÉ ÇA COMME ON OFFRE UN KLEENEX À QUELQU'UN QUI A BESOIN DE SE MOUCHER, MERCI!
MAIS POURQUOI TU T'ÉNERVES?!
EH, MERDE!
TOUJOURS DORMI COMME UN BÉBÉ, MOI!..
...TOUTE MA VIE! DEPUIS QUE JE TE CONNAIS, JE FERME PLUS L'OEIL!!
QU'EST-CE QUE TU FAIS?!
TU VOIS... JE M'HABILLE, JE RENTRE CHEZ MOI!
MA PRÉSENCE TE PERTUBE, C'EST ÉVIDENT..
ÇA SERAIT PAS CHIC POUR TOI SI JE RESTAIS ICI...
45

TU CHERCHES A' ME RENDRE FOU, HEIN, HEIN ?!
AH, TU NE VAS PAS CRIER, EN PLUS?!
JE COMMENCE A' EN AVOIR MA CLAQUE DE TOI!
EVA! PARDONNE-MOI! JE T'EN SUPPLIE!
RESTE! EVA! JE... J'AI BESOIN DE TOI!
JE T'EN PRIE!
BON MAIS COMMENCE PAR TE CALMER!
J'SUIS CALME, VOILÀ! JE FERAI TOUT CE QUE TU VOUDRAS! DIS CE QUE TU VEUX, JE LE FERAI! MAIS NE T'EN VAS PAS!
T'ES VRAIMENT FOU, TU SAIS!
NON, JEAN
MAIS, TOUT À L'HEURE...
C'ÉTAIT TOUT À L'HEURE...
MAINTENANT J'AI ENVIE DE DORMIR
ET VOILÀ JE VAIS ENCORE PAS FERMER L'OEIL DE LA NUIT, MOI!
DITES DONC, Z'AVEZ LA TÊTE DE QUELQU'UN QUI A EU UNE NUIT AGITÉE, VOUS!
SI ON S'OCCUPAIT DU BUDGET BERK?... ON PARLERA DE MA VIE SEXUELLE, UNE AUTRE FOIS, SI VOUS LE VOULEZ BIEN...
LE BUDGET BERK? COMME SUR DES ROULETTES! NOTRE NOUVELLE STRATÉGIE...
... VOILÀ. JE CROIS QUE JE VOUS AI DIT L'ESSENTIEL. JE VOUS AI FAIT UN RAPPORT DÉTAILLÉ. IL EST À LA FRAPPE...
HÉ. BIEN. FÉLICITATIONS, MON CHER...
PARAÎT QUE VOUS ÊTES AVEC LA PETITE EVA?.. UNE AFFAIRE, CETTE GAMINE, HEIN? ON PEUT DIRE QU'ELLE AIME ÇA! FAUT PAS LUI EN PROMETTRE...
EXCUSEZ-MOI, MON VIEUX, J'AI UNE JOURNÉE TRÈS CHARGÉE...
QU'EST-CE QUE TU PENSES DE MON FILS, SINCÈREMENT?
DANY?
UN GARÇON REMARQUABLE! JE L'AIME BEAUCOUP!
46

DANY RECOMMENCE À FAIRE DES BLAGUES! JE TE JURE QU'IL M'EN AURA FAIT VOIR, CELUI-LÀ!.. IL FLAMBE COMME UN DINGUE!
...IL EST COUVERT DE DETTES! JE L'AI SU PAR DES AMIS... BIEN SÛR, PAS QUESTION QU'IL M'EN PARLE!
...IL FRÉQUENTE DES GENS DU MILIEU, POUR TOUT ARRANGER!
CET IDIOT SE PREND POUR UN DUR, TU VOIS LE GENRE! JE SAIS AUSSI QU'IL A EMPRUNTÉ À DES GENS QUI N'ONT PAS L'HABITUDE DE PLAISANTER!
LE GENRE DE CONNERIES QUI PEUT MAL FINIR... IL VA ARRIVER À S'ATTIRER DES HISTOIRES!
LE FILS DES LABORATOIRES, C'EST LA PROIE IDÉALE POUR UN COUP TORDU, NON?! TU JOUES TOUJOURS AU POKER?
ÇA M'ARRIVE...
JE VOUDRAIS QUE TU LUI DONNES UNE LEÇON, QU'IL PLONGE UN BON COUP ET QUE ÇA LUI FOUTE LA FROUSSE!
JE VOIS
TU POURRAIS T'ARRANGER POUR L'EMMENER DANS UNE PARTIE À TOI. TU METS TES AMIS DANS LE COUP ET
VOUS LUI MONTEZ UNE PARISIENNE... QU'IL PLONGE DE 4 OU 5 BÂTONS, ÇA LE FERA PEUT-ÊTRE RÉFLÉCHIR...
BIEN SÛR. APRÈS J'INTERVIENS...
JE N'AI PAS BESOIN DE METTRE LES AUTRES DANS LE COUP POUR DONNER UNE LEÇON À TON FILS... MON SURNOM C'EST JEANNOT-LA-SCIENCE...
SI TU ME RENDAIS CE SERVICE, JE NE L'OUBLIERAIS PAS, TU SAIS...
MAIS QU'EST-CE QUI T'ARRIVE? TU VOIS BIEN QUE T'AS LA TÊTE DANS LE SAC! ARRÊTE LES FRAIS!
TU PLONGES DÉJÀ DE CINQ BÂTONS!
FAITES CHIER! ON CONTINUE! JE SAIS CE QUE JE FAIS, MERDE!
JE VAIS DONNER UNE LEÇON À CE GAMIN
UN POINT, C'EST TOUT!
QU'EST-CE QUE T'AS? POURQUOI TU T'ÉNERVES?!
JE M'ÉNERVE PAS!
T'AS ÉTÉ UNE VRAIE PILE ÉLECTRIQUE TOUTE LA PARTIE! LE PETIT T'A À SA MAIN. SI T'INSISTES, T'ES SÛR DE PLONGER ENCORE PLUS!
47

ALORS, QU'EST-CE QU'ON FAIT?
ON CONTINUE!
IL EST DÉJÀ UNE HEURE DU MAT!..
BON. ALLEZ ON JOUE JUSQU'À 2 HEURES, D'ACCORD?
ALLEZ, BONNE NUIT... LA SEMAINE PROCHAINE C'EST CHEZ MOI. HEIN...
JAMAIS EU UN JEU PAREIL, MOI!.. VOUS VENEZ PRENDRE UN DERNIER VERRE, JEAN?
NON, MERCI, DANY, JE RENTRE, SUIS CREVÉ...
SONT ENCORE LÀ, CEUX-LÀ! ÇA TOMBE BIEN TIENS, VONT M'ENTENDRE!!!
BON, LA FÊTE EST FINIE! ALLEZ, OUSTE, DU BALAI!
QU'EST-CE QU'IL A?!
ET PUIS C'EST PAS LA RUE SAINTE-ANNE, ICI, HEIN!
NON MAIS SANS BLAGUE!
QU'EST-CE QUE ÇA VEUT DIRE, DE TRAITER MES AMIS COMME ÇA?!
ÇA VEUT DIRE QUE J'EN AI MARRE DE PAS POUVOIR FAIRE 2 PAS CHEZ MOI SANS MARCHER SUR UN PÉDÉ!
...ET JE VIENS DE ME FAIRE PIQUER 8 BÂTONS AU POKER COMME UN CON, ALORS C'EST PAS LE MOMENT DE ME FAIRE CHIER, HEIN!
PAS UNE RAISON POUR T'EN PRENDRE À MOI!
48

AU FAIT CE MYSTÉRIEUX PERSONNAGE QUI TE DÉTRUIT ET QUE TU FUIS... IL NE JOUE PAS AU POKER PAR HASARD?
JE TE RÉPÈTE POUR LA CENTIÈME FOIS QUE JE NE VEUX PAS EN PARLER!
LAISSE-MOI PASSER!
C'EST BIZARRE TOUS CES MYSTÈRES AUTOUR DE CE GARÇON, NON?... TU ES SÛRE QU'IL NE S'APPELLE PAS DANY. DANY LOMBAIRE, HEIN, HEIN?
FICHE-MOI LA PAIX! JE VEUX SORTIR!
EVA! OÙ VAS-TU?!
ON VA AU "SEPT", VOUS VENEZ?
IL N'EN EST PAS QUESTION! TU RESTES ICI! EVA! TU ENTENDS?!
TU ENTENDS CE QUE JE TE DIS?! RESTE ICI!
NON MAIS T'ES COMPLÈTEMENT SPEEDÉ! LÂCHE-MOI! JE FAIS CE QUE JE VEUX!
JE TE PRÉVIENS, SI TU Y VAS, C'EST PAS LA PEINE DE REVENIR ICI, TU ENTENDS?! TU ENTENDS!
J'PEUX RESTER VOUS TENIR COMPAGNIE UN MOMENT... MOI, VOUS SAVEZ LES BOÎTES POUR HOMOSEXUELS...
VOUS!... VOUS!!!
ET ELLE N'EST PAS REVENUE...
NON
BIEN SÛR SINON NOUS NE DÎNERIONS PAS ENSEMBLE...
TU SAIS BIEN QUE TU ES LA SEULE À QUI JE PEUX PARLER DE TOUT ÇA..
C'EST BIEN MA VEINE!..
VAS-Y... CONTINUE, PUISQUE JE SUIS LÀ POUR ÇA
TU AS CHERCHÉ À LA REVOIR BIEN ENTENDU...

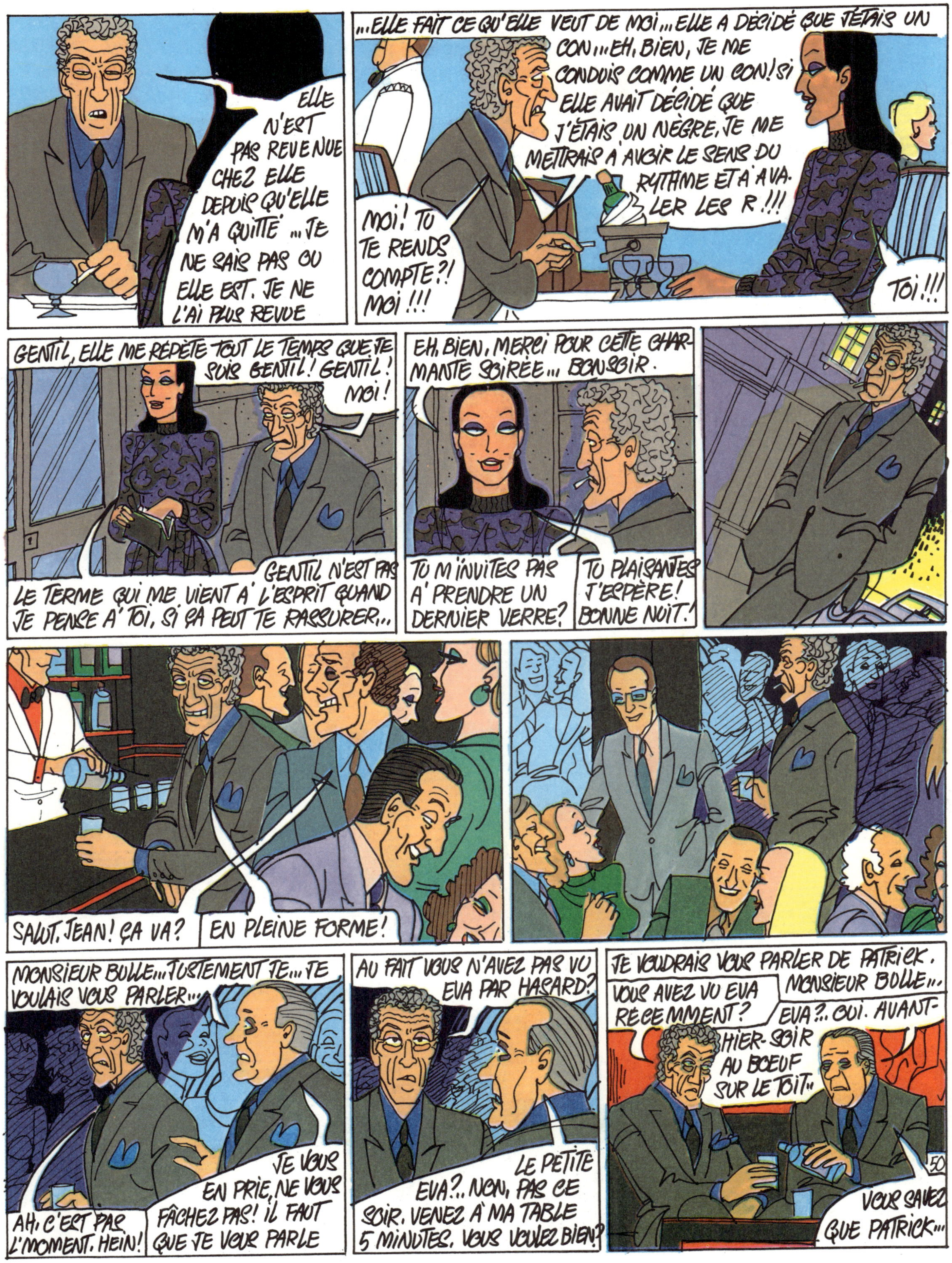
ELLE N'EST PAS REVENUE CHEZ ELLE DEPUIS QU'ELLE M'A QUITTÉ ... JE NE SAIS PAS OU ELLE EST. JE NE L'AI PLUS REVUE
... ELLE FAIT CE QU'ELLE VEUT DE MOI ... ELLE A DÉCIDÉ QUE J'ÉTAIS UN CON ... EH, BIEN, JE ME CONDUIS COMME UN CON! SI ELLE AVAIT DÉCIDÉ QUE J'ÉTAIS UN NÈGRE, JE ME METTRAIS À AVOIR LE SENS DU RYTHME ET À AVALER LES R !!!
MOI! TU TE RENDS COMPTE?! MOI !!!
TOI !!!
GENTIL, ELLE ME RÉPÈTE TOUT LE TEMPS QUE JE SUIS GENTIL! GENTIL! MOI!
GENTIL N'EST PAS LE TERME QUI ME VIENT À L'ESPRIT QUAND JE PENSE À TOI, SI ÇA PEUT TE RASSURER...
EH, BIEN, MERCI POUR CETTE CHARMANTE SOIRÉE ... BONSOIR.
TU M'INVITES PAS À PRENDRE UN DERNIER VERRE?
TU PLAISANTES J'ESPÈRE! BONNE NUIT!
SALUT, JEAN! ÇA VA?
EN PLEINE FORME!
MONSIEUR BULLE ... JUSTEMENT JE ... JE VOULAIS VOUS PARLER ...
AH, C'EST PAS L'MOMENT, HEIN!
JE VOUS EN PRIE, NE VOUS FÂCHEZ PAS! IL FAUT QUE JE VOUS PARLE
AU FAIT VOUS N'AVEZ PAS VU EVA PAR HASARD?
LE PETITE EVA?.. NON, PAS CE SOIR. VENEZ À MA TABLE 5 MINUTES. VOUS VOULEZ BIEN?
JE VOUDRAIS VOUS PARLER DE PATRICK. MONSIEUR BULLE ...
VOUS AVEZ VU EVA RÉCEMMENT?
EVA?.. OUI. AVANT-HIER-SOIR AU BOEUF SUR LE TOIT.
50
VOUS SAVEZ QUE PATRICK ...

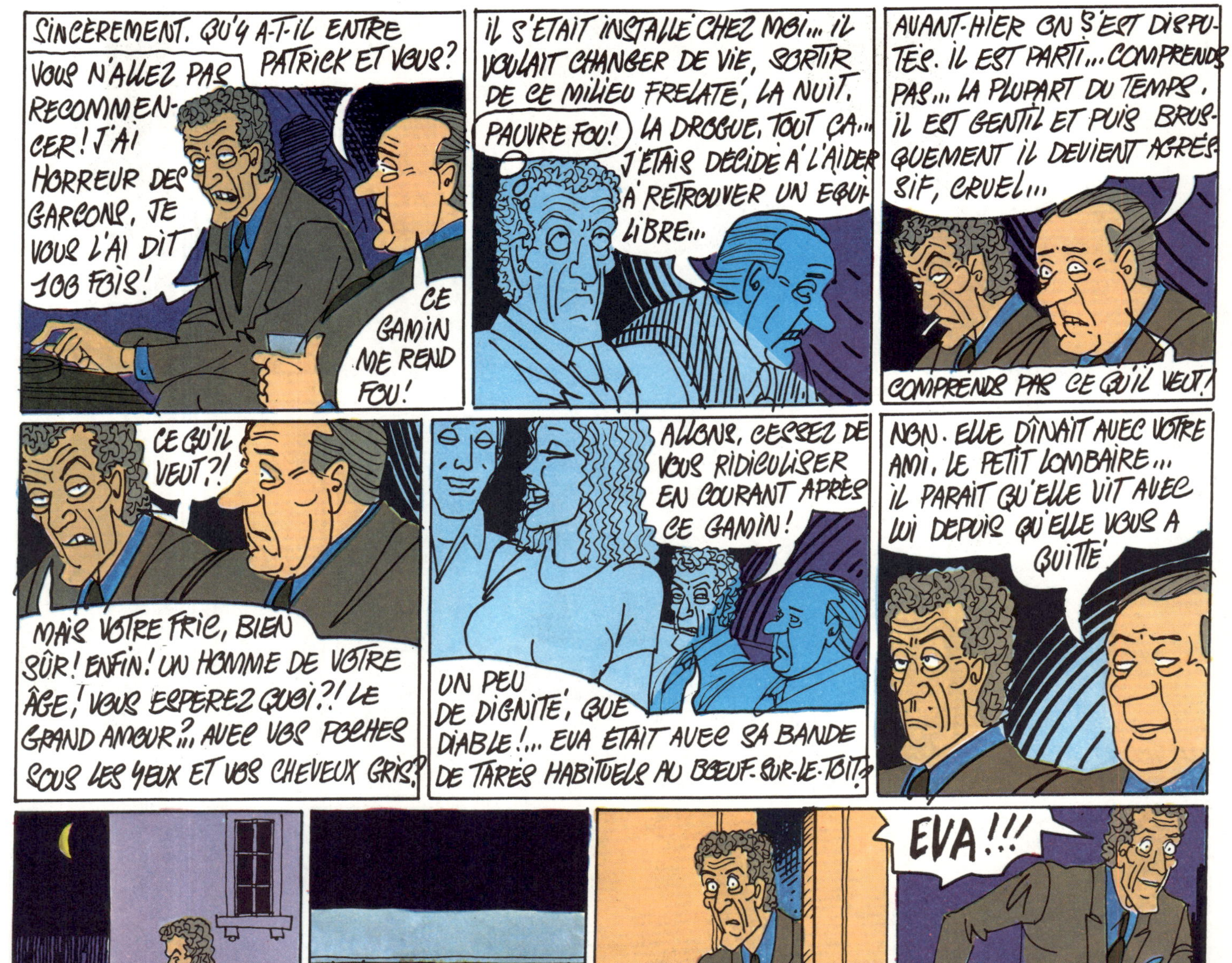
SINCÈREMENT. QU'Y A-T-IL ENTRE PATRICK ET VOUS?
VOUS N'ALLEZ PAS RECOMMENCER! J'AI HORREUR DES GARÇONS. JE VOUS L'AI DIT 100 FOIS!
CE GAMIN ME REND FOU!
IL S'ÉTAIT INSTALLÉ CHEZ MOI... IL VOULAIT CHANGER DE VIE, SORTIR DE CE MILIEU FRELATÉ, LA NUIT.
PAUVRE FOU!
LA DROGUE, TOUT ÇA... J'ÉTAIS DÉCIDÉ À L'AIDER À RETROUVER UN ÉQUILIBRE...
AVANT-HIER ON S'EST DISPUTÉS. IL EST PARTI... COMPRENDS PAS... LA PLUPART DU TEMPS, IL EST GENTIL ET PUIS BRUSQUEMENT IL DEVIENT AGRESSIF, CRUEL...
COMPRENDS PAS CE QU'IL VEUT!
CE QU'IL VEUT?!
MAIS VOTRE FRIC, BIEN SÛR! ENFIN! UN HOMME DE VOTRE ÂGE! VOUS ESPÉREZ QUOI?! LE GRAND AMOUR?... AVEC VOS POCHES SOUS LES YEUX ET VOS CHEVEUX GRIS?
ALLONS, CESSEZ DE VOUS RIDICULISER EN COURANT APRÈS CE GAMIN!
UN PEU DE DIGNITÉ, QUE DIABLE!... EVA ÉTAIT AVEC SA BANDE DE TARÉS HABITUELS AU BŒUF-SUR-LE-TOIT?
NON. ELLE DÎNAIT AVEC VOTRE AMI, LE PETIT LOMBAIRE... IL PARAÎT QU'ELLE VIT AVEC LUI DEPUIS QU'ELLE VOUS A QUITTÉ
DRING
EVA!!!
HEIN?! QUOI!!!
J'ARRIVE!
ALLONS, CALMEZ-VOUS!
ÇA N'EST PAS BIEN GRAVE...
JE L'AI TROUVÉE ICI EN RENTRANT DE CHEZ CASTEL
C'EST PATRICK QUI L'A AMENÉE. JE L'AI AUSCULTÉE. RIEN DE SÉRIEUX... DES HÉMATOMES, DES LUXATIONS...
51

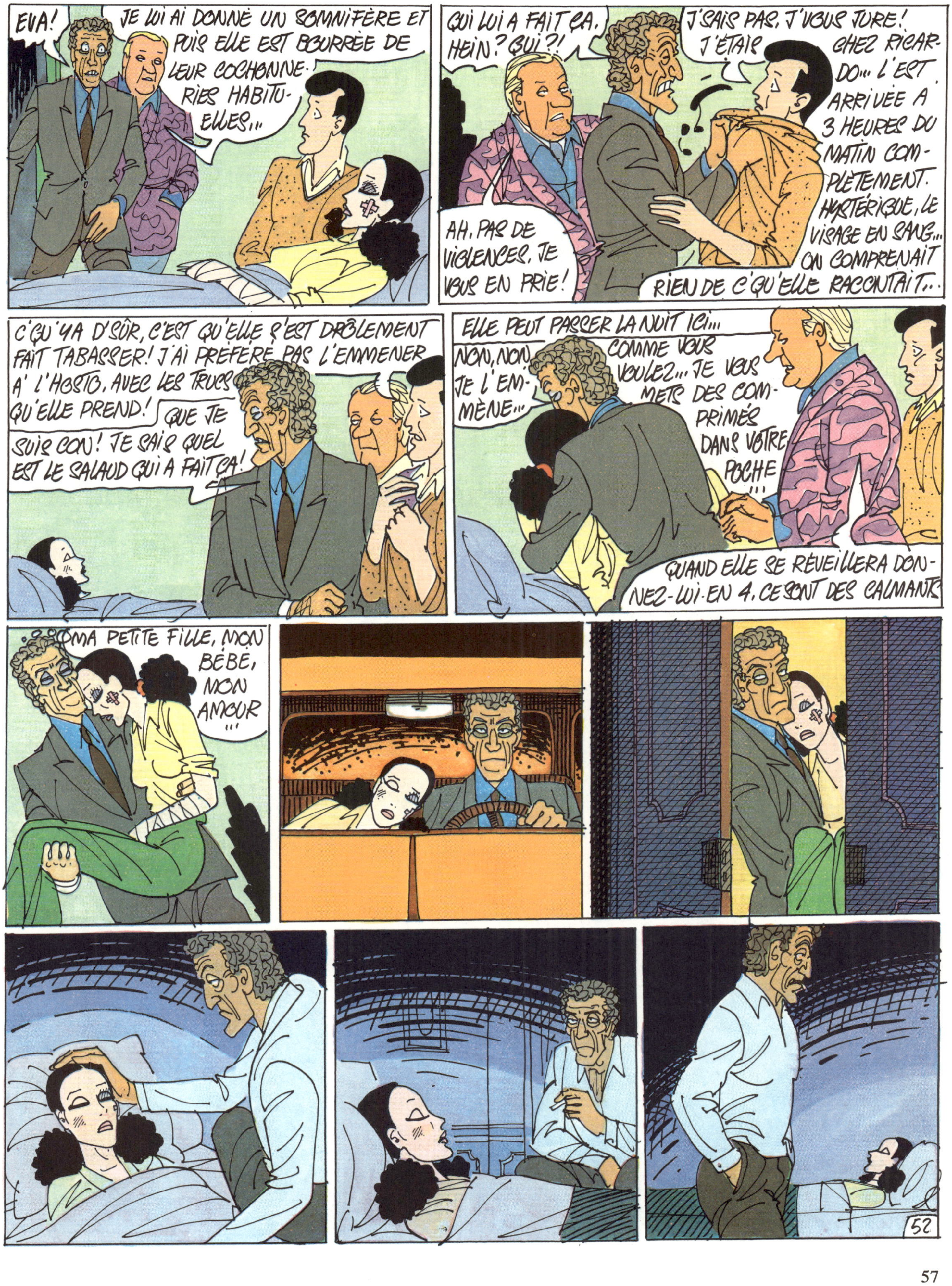
EVA!
JE LUI AI DONNÉ UN SOMNIFÈRE ET PUIS ELLE EST BOURRÉE DE LEUR COCHONNERIES HABITUELLES...
QUI LUI A FAIT ÇA, HEIN? QUI?!
J'SAIS PAS, J'VOUS JURE! J'ÉTAIS CHEZ RICARDO... L'EST ARRIVÉE À 3 HEURES DU MATIN COMPLÈTEMENT HYSTÉRIQUE, LE VISAGE EN SANG... ON COMPRENAIT RIEN DE C'QU'ELLE RACONTAIT...
AH, PAS DE VIOLENCES, JE VOUS EN PRIE!
C'QU'YA D'SÛR, C'EST QU'ELLE S'EST DRÔLEMENT FAIT TABASSER! J'AI PRÉFÉRÉ PAS L'EMMENER À L'HOSTO, AVEC LES TRUCS QU'ELLE PREND!
QUE JE SUIS CON! JE SAIS QUEL EST LE SALAUD QUI A FAIT ÇA!
ELLE PEUT PASSER LA NUIT ICI...
NON, NON, JE L'EMMÈNE...
COMME VOUS VOULEZ... JE VOUS METS DES COMPRIMÉS DANS VOTRE POCHE...
QUAND ELLE SE RÉVEILLERA DONNEZ-LUI-EN 4, CE SONT DES CALMANTS
...MA PETITE FILLE, MON BÉBÉ, MON AMOUR...
52

DÉJÀ RÉVEILLÉ, MONSIEUR!
OUI... TIENS, FAIS-MOI DU CAFÉ, SAÏD...
LOMBAIRE EST ARRIVÉ?
OUI, MONSIEUR, IL EST DANS SON BUREAU...
AAAAAH!
IL EST FOU, CE MEC!
TIENS, ÇA M'A SOULAGÉ... J'AURAIS DÛ FAIRE ÇA DEPUIS LONGTEMPS!
C'EST GROTESQUE! CALMEZ-VOUS, VOYONS!
SI VOUS DEVEZ VOUS EN PRENDRE À QUELQU'UN, C'EST À MOI!
COMPRENDS PAS
L'IDÉE DE S'ASSOCIER, DANY ET MOI POUR COURIR NOTRE PROPRE AGENCE AVEC LES BUDGETS BERK, SOPEC ET LES LABORATOIRES LOMBAIRE, VIENT DE MOI. JEAN
JE NE POUVAIS PAS LAISSER PASSER UNE CHANCE PAREILLE. ET PUIS C'EST LE JEU, NON? C'EST EN QUITTANT LA S.J.N AVEC 2 DE LEURS PRINCIPEAUX BUDGETS QUE VOUS AVEZ FONDÉ VOTRE AGENCE
EH, BIEN, BON VENT ET BONNE CHANCE... IL N'Y A PAS DE QUOI EN FAIRE UNE HISTOIRE!
C'EST PLUTÔT VOUS, IL ME SEMBLE, QUI EN FAITES DES HISTOIRES!
MOI?!
VOUS NE PENSEZ TOUT DE MÊME PAS QUE C'EST À CAUSE DE ÇA QUE J'AI CORRIGÉ CE GAMIN?!
YVON, J'AIMERAIS QUE TU ME LAISSES SEUL AVEC JEAN
COMME TU VEUX...
53

C'EST À CAUSE D'EVA, HEIN?
ET CE N'EST QU'UN ÉCHANTILLON! SI TU TOUCHES ENCORE À UN CHEVEU DE CETTE PETITE, JE T'EN-VOIE À L'HÔPITAL POUR 15 JOURS, SALAUD!
IL N'Y A RIEN ENTRE EVA ET MOI, JEAN!
... ELLE M'A DEMANDÉ DE RESTER QUELQUES JOURS CHEZ MOI, C'EST TOUT... ELLE VOUS AVAIT QUITTÉ ET ELLE NE VOULAIT PAS RENTRER CHEZ ELLE PARCE QU'ELLE S'ÉTAIT DISPUTÉE AVEC SONIA. ELLE M'A FAIT PROMETTRE DE NE PAS VOUS LE DIRE. J'AI EU TORT DE NE PAS VOUS EN PARLER... ET PUIS L'AUTRE DINGUE DE SONIA A COMMEN-CÉ À VENIR FAIRE DU SCANDALE CHEZ MOI...
LES SCÈNES DE MÉNAGE DE LESBIENNES, HORREUR DE ÇA... J'AI MIS EVA À LA PORTE HIER ET...
DE LESBIENNES? QUELLES LESBIENNES?
EVA ET SONIA! NE ME DITES PAS QUE VOUS N'ÊTES PAS AU COURANT?
AU COURANT DE QUOI, BON DIEU?!
... QU'EVA EST MACQUÉE PAR SONIA!.. UNE REDOUTA-BLE, CELLE-LÀ! CHAIS PAS CE QU'ELLE FAIT AUX FILLES MAIS ELLE LES REND COMPLÈTEMENT FOLLES! C'EST UN VRAI DUR! ELLE LES BAT, LES FAIT MICHETONNER POUR ELLE ET TOUT... J'AVAIS PRÉVENU EVA...
MON BÉBÉ EST DÉJÀ RÉVEILLÉ?!
POURQUOI TU NE M'AS RIEN DIT À PROPOS DE SONIA ET TOI
TU SAIS BIEN QUE TU PEUX TOUT ME DIRE!
JE VAIS TE TIRER DES PATTES DE CETTE GARCE, MON CHOU... FAIS-MOI CON-FIANCE!
POUR COMMENCER, ON PART 15 JOURS AUX SEYCHELLES, ÇA VA TE CHANGER LES IDÉES... TU VAS T'ACHETER DES TENUES D'ÉTÉ ET...
JEAN, ÉCOUTE...
EVA, ALORS, TU VIENS?
QU'EST-CE QUE VOUS FOUTEZ LÀ, VOUS?
OH, TOI, ÇA VA, HEIN... BON, ALLEZ, EVA, ON SE TAILLE
EVA RESTE ICI. FICHEZ-MOI LE CAMP!!!
54

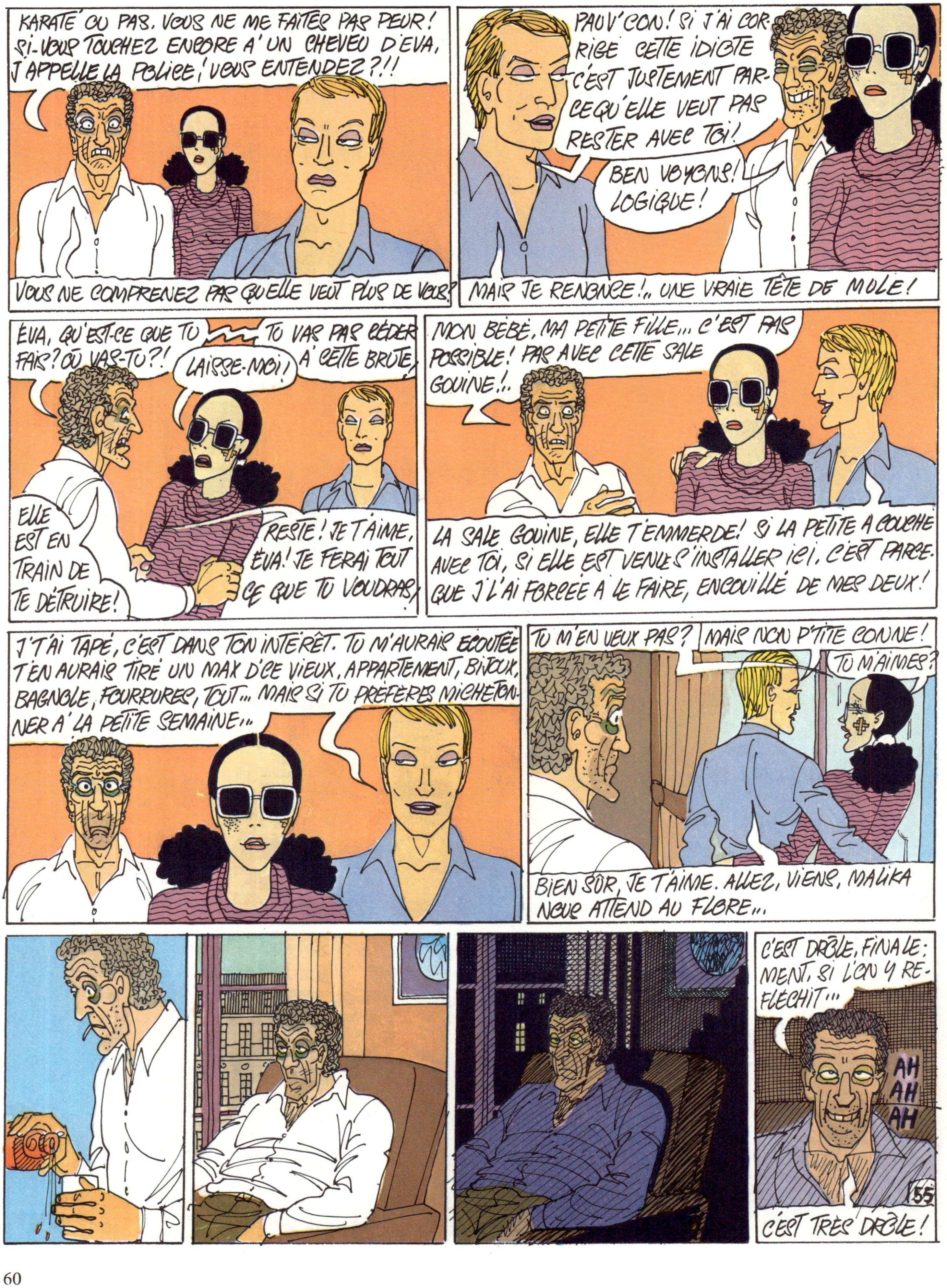

KARATÉ OU PAS, VOUS NE ME FAITES PAS PEUR! SI VOUS TOUCHEZ ENCORE A' UN CHEVEU D'EVA, J'APPELLE LA POLICE, VOUS ENTENDEZ?!!
VOUS NE COMPRENEZ PAS QU'ELLE VEUT PLUS DE VOUS?
PAUV'CON! SI J'AI CORRIGÉ CETTE IDIOTE C'EST JUSTEMENT PARCEQU'ELLE VEUT PAS RESTER AVEC TOI!
BEN VOYONS! LOGIQUE!
MAIS JE RENONCE!.. UNE VRAIE TÊTE DE MULE!
ÉVA, QU'EST-CE QUE TU FAIS? OÙ VAS-TU?!
TU VAS PAS CÉDER A' CETTE BRUTE,
LAISSE-MOI!
ELLE EST EN TRAIN DE TE DÉTRUIRE!
RESTE! JE T'AIME, ÉVA! JE FERAI TOUT CE QUE TU VOUDRAS,
MON BÉBÉ, MA PETITE FILLE... C'EST PAS POSSIBLE! PAS AVEC CETTE SALE GOUINE!..
LA SALE GOUINE, ELLE T'EMMERDE! SI LA PETITE A COUCHÉ AVEC TOI, SI ELLE EST VENUE S'INSTALLER ICI, C'EST PARCE-QUE J'L'AI FORCÉE A' LE FAIRE, ENCOUILLÉ DE MES DEUX!
J'T'AI TAPÉ, C'EST DANS TON INTÉRÊT. TU M'AURAIS ÉCOUTÉE T'EN AURAIS TIRÉ UN MAX D'CE VIEUX, APPARTEMENT, BIJOUX, BAGNOLE, FOURRURES, TOUT... MAIS SI TU PRÉFÈRES MICHETONNER A' LA PETITE SEMAINE...
TU M'EN VEUX PAS?
MAIS NON P'TITE CONNE!
TU M'AIMES?
BIEN SÛR, JE T'AIME. ALLEZ, VIENS, MALIKA NOUS ATTEND AU FLORE...
C'EST DRÔLE, FINALEMENT, SI L'ON Y RÉFLÉCHIT...
AH AH AH
55
C'EST TRÈS DRÔLE!

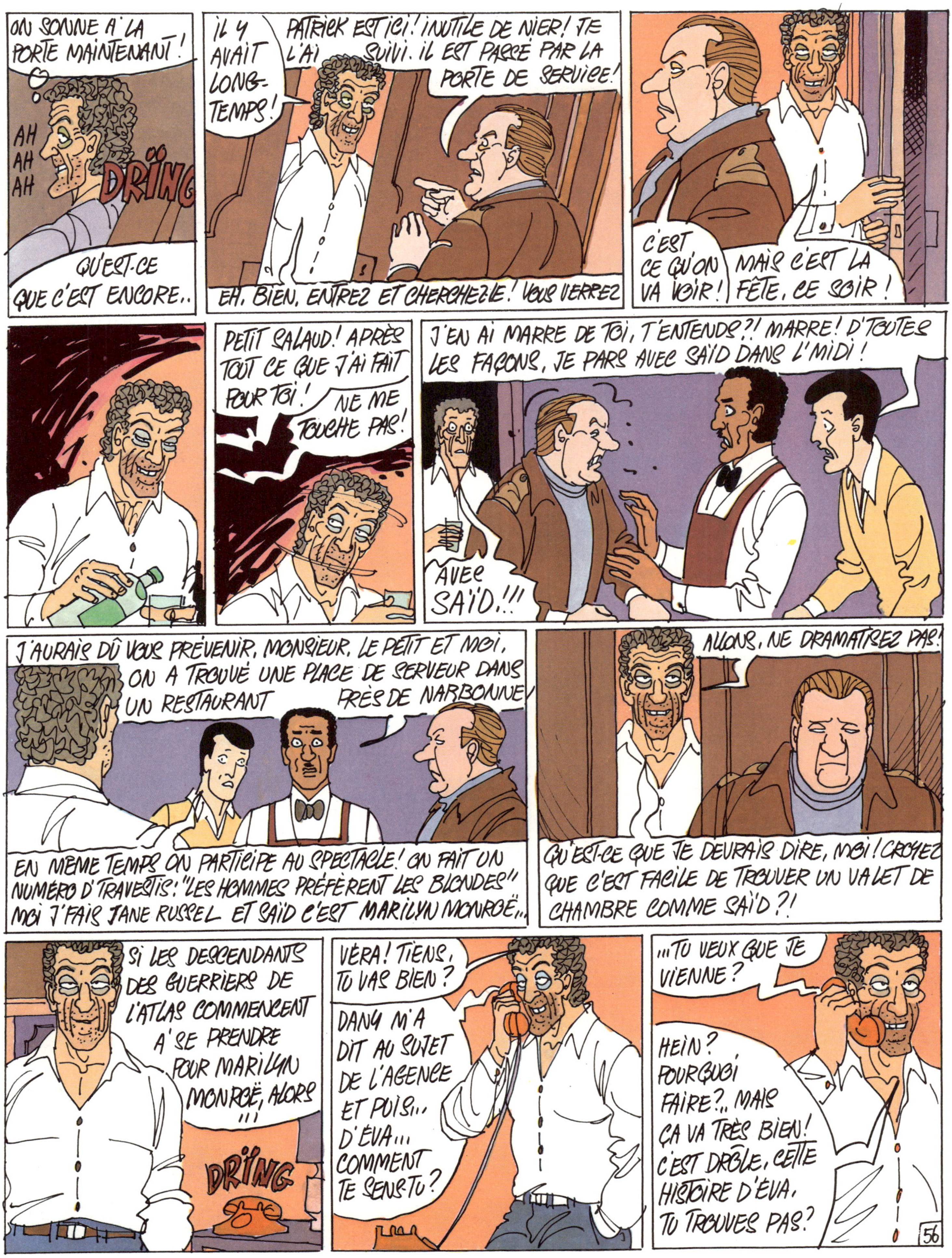
ON SONNE À LA PORTE MAINTENANT !
AH AH AH
DRÏNG
QU'EST-CE QUE C'EST ENCORE..
IL Y AVAIT LONGTEMPS !
PATRICK EST ICI ! INUTILE DE NIER ! JE L'AI SUIVI. IL EST PASSÉ PAR LA PORTE DE SERVICE !
EH, BIEN, ENTREZ ET CHERCHEZ-LE ! VOUS VERREZ
C'EST CE QU'ON VA VOIR !
MAIS C'EST LA FÊTE, CE SOIR !
PETIT SALAUD ! APRÈS TOUT CE QUE J'AI FAIT POUR TOI !
NE ME TOUCHE PAS !
J'EN AI MARRE DE TOI, T'ENTENDS ?! MARRE ! D'TOUTES LES FAÇONS, JE PARS AVEC SAÏD DANS L'MIDI !
AVEC SAÏD !!!
J'AURAIS DÛ VOUS PRÉVENIR, MONSIEUR. LE PETIT ET MOI, ON A TROUVÉ UNE PLACE DE SERVEUR DANS UN RESTAURANT PRÈS DE NARBONNE
EN MÊME TEMPS ON PARTICIPE AU SPECTACLE ! ON FAIT UN NUMÉRO D'TRAVESTIS : "LES HOMMES PRÉFÈRENT LES BLONDES" MOI J'FAIS JANE RUSSEL ET SAÏD C'EST MARILYN MONROË..
ALLONS, NE DRAMATISEZ PAS !
QU'EST-CE QUE JE DEVRAIS DIRE, MOI ! CROYEZ QUE C'EST FACILE DE TROUVER UN VALET DE CHAMBRE COMME SAÏD ?!
SI LES DESCENDANTS DES GUERRIERS DE L'ATLAS COMMENCENT À SE PRENDRE POUR MARILYN MONROË, ALORS !!!
DRÏNG
VÉRA ! TIENS, TU VAS BIEN ?
DANY M'A DIT AU SUJET DE L'AGENCE ET PUIS... D'ÉVA... COMMENT TE SENS-TU ?
...TU VEUX QUE JE VIENNE ?
HEIN ? POURQUOI FAIRE ?.. MAIS ÇA VA TRÈS BIEN ! C'EST DRÔLE, CETTE HISTOIRE D'ÉVA, TU TROUVES PAS ?
56

ATTENDS, TU PERMETS, JE M'INSTALLE ET J'ALLUME UNE CIGARETTE...
OUI. TU DISAIS ?
JEAN. JE VAIS PROBABLEMENT ME REMARIER...
AH, BON! FORMIDABLE! CONTRE QUI?
AVEC DANY. JEAN...
AH. MAIS, TRÈS BIEN! ET PUIS DE NOS JOURS, LA DIFFÉRENCE D'ÂGE, ÇA N'A PLUS D'IMPORTANCE... VOUS ÊTES DÉSIRABLES JUSQU'À 70 ANS. AVEC DE BONS CHIRURGIENS ESTHÉTIQUES...
OH, ARRÊTE, VEUX-TU! OUI. IL EST PLUS JEUNE QUE MOI MAIS JE PEUX L'AIDER BEAUCOUP. IL ROULE, COMME ÇA, MAIS DANS LE FOND
...IL MANQUE TOTALEMENT DE CONFIANCE EN LUI. IL EST TRÈS SENSIBLE, TU SAIS...
OUI... IL M'A TOUJOURS FAIT L'EFFET D'UN GRAND TIMIDE. D'UN ÉCORCHÉ-VIF... ET C'EST POUR QUAND ?
ÇA DÉPEND
DE QUOI?
DE TOI!
AH, JE VOIS... MAIS JE VOUS ACCORDE BIEN VOLONTIERS, MA BÉNÉDICTION, MA CHÉRIE!
SALAUD!
ENCORE UN PIÈGE DANS LEQUEL JE NE TOMBE PLUS!.. C'EST COMME ÇA QUE J'AI ÉPOUSÉ MA PREMIÈRE FEMME!
QU'EST-CE QUI M'A PRIS, MOI, AVEC CETTE PETITE SALOPE D'EVA! J'ME SUIS VRAIMENT CONDUIT COMME UN GAMIN DE 10 ANS! MAIS C'EST FINI! JE ME SUIS REPRIS! JE SUIS DE NOUVEAU MOI-MÊME!
C'EST LE PRIVILÈGE DE L'ÂGE. ON A BÂTI SES DÉFENSES. ON EST HORS D'ATTEINTE
TIENS. FAUT QUE JE TRAVAILLE MES ABDOMINAUX. MOI!
JE SUIS SEUL. TOUT EST EN ORDRE. J'AI ENCORE UN PEU MAL MAIS ÇA VA PASSER...
JE VAIS CHERCHER UN VALET DE CHAMBRE CAMBODGIEN. CE SONT DES GENS DOUX, SOURIANTS ET RAFFINÉS PARAÎT-IL
... ET MÉTICULEUX! IL N'Y A QU'À VOIR COMMENT ILS ONT FAIT LEUR RÉVOLUTION!!!
JE VAIS REPRENDRE L'AGENCE EN MAIN. ÇA M'OCCUPERA... ET PUIS J'AI ENCORE DES TAS DE FEMMES À BAISER... DES BLONDES, DES BRUNES, DES ROUSSES... DES PETITS CULS POMMELÉS, DES FORTES CROUPES MAJESTUEUSES, DES SEINS EN POIRES, D'AUTRES EN POMMES, DES SEXES...
J'AI 50 ANS MAIS JE ME SENS TRÈS BIEN
57
JE SENS QUE JE VAIS M'ENDORMIR COMME UN BÉBÉ...